Le Livre de Poche Jeunesse

Horizon

Scott Westerfeld

Scott Westerfeld est né au Texas. Véritable passionné de science-fiction et de jeux vidéo, il a connu un succès international avec sa série *Uglies*, vendue à plusieurs millions d'exemplaires dans le monde. Il vit aujourd'hui entre New York et Sydney.

SCOTT WESTERFELD

Crash

Horizon
Tome I

Traduit de l'anglais (États-Unis)
par Nathalie Huet

Titre original :
HORIZON #1
(Première publication : © Scholastic Inc., 2017)
© Scott Westerfeld, 2017
Cette édition a été publiée en accord avec Scholastic Inc., 557 Broadway,
New York, NY 10012, USA.
Tous droits réservés, y compris droits de reproduction
totale ou partielle, sous toutes ses formes.
Scholastic, Horizon et tous les logos associés
sont des marques commerciales
et/ou des marques déposées de Scholastic Inc.
Cet ouvrage a été proposé à l'éditeur français
par l'agence EDITIO DIALOG, Lille.

© Éditions Albin Michel, 2017, pour la traduction française.
© Librairie Générale Française, 2018, pour la présente édition.

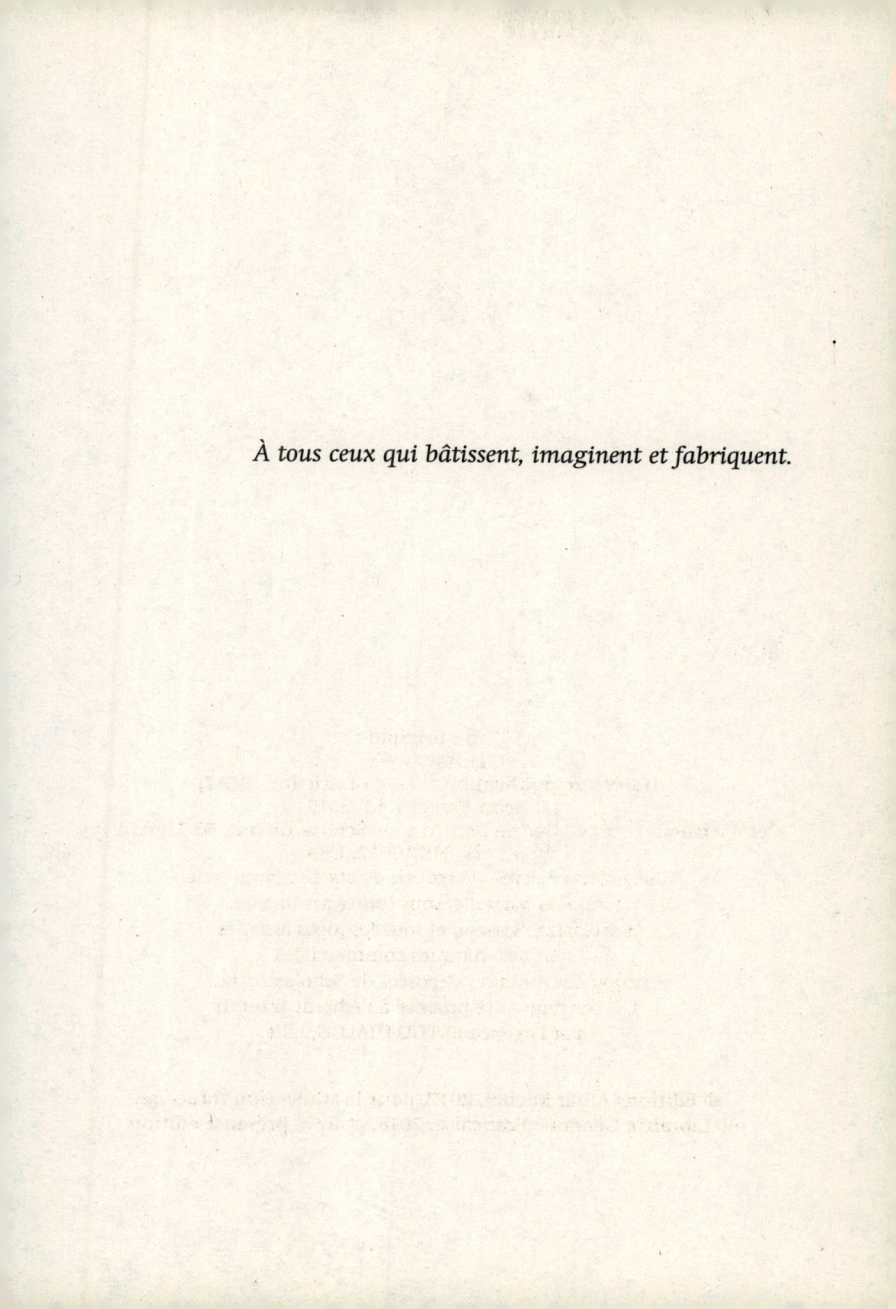

À tous ceux qui bâtissent, imaginent et fabriquent.

TRANSCRIPTION, VOL AERO HORIZON 16

EXTRAIT D'ENREGISTREMENTS, CONTRÔLE AÉRIEN, FAIRBANKS, ALASKA

Contrôleur de la navigation aérienne (CNA) : Sam Tennison, Fairbanks
Capitaine : Frank Benoit, AH16
Copilote : Alexis Card, AH16
Agent de bord : Pete Meriwether, AH16

21 : 13 : 42.7
  CNA : Aero Horizon 16, je vous signale une zone de turbulences sur votre trajectoire.
  Capitaine : Nous l'avons en visuel. Quelle taille ?
  CNA : Vous devriez l'avoir traversée dans deux minutes.

Capitaine : Merci, Fairbanks.
CNA : Je vous en prie.
Copilote : Pete, tu pourrais les faire asseoir, à l'arrière ?
Agent de bord (à l'interphone) : Nous aussi ?
(silence)
Capitaine : Tout le monde.

21 : 15 : 24.3
Capitaine : Tu vois ce que je vois ?
Copilote : (inintelligible)… un éclair ?
Capitaine : Sauf que ça ne bouge pas.
Copilote : Nous avons un souci électrique…
Capitaine : Les appareils ne répondent plus !
Copilote : Les batteries ont pris le relais.
Capitaine : OK. C'est bon. J'ai repris le contrôle.
Copilote : Mais qu'est-ce que c'était que ça ?
Capitaine : Je nous fais descendre. Il faut passer par-dessous.

21 : 15 : 50.1
(sirène d'alarme)
Copilote : C'était un oiseau. Nous avons eu une collision avec un oiseau.
Capitaine : À 8 500 mètres ? Il n'y a pas d'oiseaux à cette altitude…
Copilote : Réacteur trois. Départ d'incendie.

Capitaine : Éteins-le.
Copilote : J'essaie.
CNA : Situation de votre appareil, je vous prie.
Copilote : Incendie, moteur trois. Nous n'arrivons pas à l'éteindre. Nous perdons de la vitesse…
(alarme de décrochage)
(alarme de désactivation du pilote automatique)
Capitaine : Nous sommes en pilotage manuel. Nous descendons.
Copilote : OK.
Capitaine : J'ai repris le contrôle.
Copilote : Il y a de la fumée dans le cockpit.
(alarmes multiples)
CNA : Horizon 16, nous vous avons dégagé une piste d'atterrissage d'urgence.
Capitaine : Hors de portée.
Agent de bord (à l'interphone) : Il y a de la fumée dans la cabine !
Copilote : Droit devant ! Un autre !
CNA : Pardon ? Vous pouvez répéter ?
Capitaine : Nous… Qu'est-ce que c'est que ce truc ?
(grincement de métal déchiré)
Copilote : C'est entré ! Là, avec nous ! C'est à l'int…
(vent violent)

Capitaine : Elle… (inintelligible)… plus là.
(fracas de métal arraché, vent violent)

21 : 16 : 14.2
CNA : Horizon 16 ? Nous avons perdu le contact radar.
(inintelligible)
CNA : Horizon 16 ? Vous êtes toujours là ?
(vent violent)
CNA : Horizon 16 ?
(interruption de la liaison radio)

Fin de transcription. La cause de l'accident reste indéterminée.
Aucune boîte noire retrouvée. Aucune trace de l'épave.
Pas de survivants.

Huit heures plus tôt.

1

Javi

– Question suivante, lança Molly. Combien de kilomètres de câbles y a-t-il dans cet avion ?

– Heu... Plein ?

– Fais marcher ta cervelle, Perez ! Évalue !

Javier Perez poussa un soupir.

– Si je tombe assez près, tu arrêteras de me prendre la tête avec tes questions ?

Son encyclopédie sur l'aéronautique fermement serrée entre ses deux mains, Molly lui adressa un large sourire.

– Eh non ! Tu as besoin qu'on te change les idées. J'ai de quoi tenir pendant au moins douze heures. Assez pour tout le vol !

– C'est toi qui as voulu te mettre à côté d'elle ! s'écria Anna depuis la rangée de derrière.

Oliver, qui était assis sur le siège voisin, éclata de rire. Javi poussa un gémissement. Ce vol allait-il enfin décoller, qu'il puisse se caler dans son fauteuil et faire semblant de dormir ?

Confier à Molly qu'il avait peur de prendre l'avion avait été une très mauvaise idée. Parce que, en tant que chef d'équipe, elle considérait que sa mission était de détourner son attention. En le bombardant de problèmes d'ingénierie, évidemment. Au club de robotique, chaque après-midi, Molly commentait tout ce qu'elle faisait et mettait les autres au défi d'en faire autant. Pour elle, construire des robots n'était pas qu'un hobby. C'était aussi un inépuisable sujet de conversation.

Et le plus drôle, c'était que ça marchait. Le cerveau de Javi s'était emparé de sa question et l'avion n'était plus seulement une énorme bête inconnue qui l'emportait loin de chez lui pour la première fois de sa vie. Il était devenu un problème technique.

Alors, combien de kilomètres ? songea-t-il.

Les quatre membres de la Team Killbot étaient installés en classe économique, avec leur professeur, M. Keating. L'Académie de sciences et de technologies de Brooklyn avait la chance de pouvoir compter sur de nombreux mécènes, et lorsque leur équipe s'était qualifiée pour le tournoi international de football robotique, l'un de ces millionnaires avait accepté de financer leur voyage.

Mais cinq allers-retours en première classe pour le Japon ? Il ne fallait pas trop en demander. Personne n'avait autant d'argent à jeter par les fenêtres.

M. Keating avait quand même dit que c'était « drôlement bien, pour une classe éco » ; il y avait tout ce qu'il fallait pour rendre supportables les quatorze heures de vol. Le fauteuil de Javi était entouré d'une collection de boutons et de lumières, et il y avait un écran. Et tout ça devait être relié à des câbles, non ?

Il avait déjà testé les boutons de l'accoudoir. Ils commandaient l'inclinaison du siège, une lampe de lecture et l'écran. Il y en avait aussi un pour faire venir l'hôtesse, et un pour le son. Et même une petite télécommande pour les jeux (elle servait aussi de téléphone, pour ceux qui étaient du genre à passer des coups de fil depuis l'autre côté du cercle arctique).

Javi eut soudain envie de tout éventrer, histoire de mettre au jour les câbles, les rouages et les servomoteurs cachés. D'aussi loin qu'il s'en souvienne, il avait toujours adoré disséquer les objets. Ça avait commencé lorsque sa mère l'avait laissé démantibuler son four à micro-ondes en panne alors qu'il n'avait que cinq ans.

Il imagina les fils qui couraient sous le plancher de la cabine, remontaient dans les fauteuils et serpentaient tout autour. Et au-dessus de sa tête, l'enchevêtrement qui alimentait toutes ces lumières et les aérateurs du plafond.

– Une proposition ? insista Molly. Un résultat ?

Javi sentait les idées crépiter dans son esprit. Pour chaque siège, il fallait au moins trente mètres de câbles, et il n'y en avait pas moins de cinq cents dans cet avion. Ce qui donnait quinze kilomètres au bas mot. Et c'était sans compter les ailes, les moteurs, le cockpit bourré de cadrans et d'instruments, et les branchements supplémentaires des énormes fauteuils de la classe affaires, quelques rangées devant.

Trop de paramètres. Il multiplia son résultat initial par dix.

– Pour tout l'avion, cent cinquante kilomètres, peut-être ?

– Pas mal, commenta-t-elle en agitant son livre, mais ce serait plutôt quatre cent quatre-vingts. Une vraie prouesse technique !

– Waouh ! s'écria Javi. (Une telle exclamation était le moyen le plus sûr de susciter de nouvelles questions, mais il n'avait pas pu se retenir.) Ça paraît presque du gâchis, de se servir d'un engin aussi compliqué pour transporter nos petits robots de rien du tout jusqu'à Tokyo.

– Les Killbots ne sont pas des petits robots de rien du tout ! s'insurgea Molly. Ce sont les champions en titre du football robotique aux États-Unis, catégorie cadets !

Javi haussa les épaules.

– Puis-je te rappeler que ceux de l'équipe adverse ont été cassés pendant le transport ? Nous avons eu de la chance, c'est tout.

– On aurait gagné quand même, riposta Molly avec une expression qui le mettait au défi de la contredire.

Javi n'en était pas si sûr. Il avait vu une vidéo des robots finalistes malheureux du Nouveau-Mexique. De petits scorpions mécaniques, rapides sur leurs quatre pattes, et qui se servaient de leur queue pour taper dans le ballon. En comparaison, les Killbots de l'équipe de Brooklyn ressemblaient à des grille-pain à roulettes. De petites brutes sans cervelle qui se regroupaient autour du ballon et écartaient sans douceur tout ce qui se mettait sur leur passage.

– Ils jouent au football comme des gamins de cinq ans, avait marmonné un juge lors des demi-finales.

Et combien de mètres de câbles y avait-il dans chaque Killbot ? Sept ?

Techniquement parlant, ils n'avaient rien d'extraordinaire.

La veille au soir, toute la famille de Javi s'était rassemblée pour un dîner d'adieu : les oncles, les tantes, les cousins, tout le monde lui avait répété à quel point ils étaient fiers de lui. Sa mère leur avait raconté ses souvenirs du temps où il n'avait que sept ans, quand elle était intendante et qu'il l'accompagnait lors de ses rondes et réparait les verrous défectueux et les robinets qui fuyaient. Pourtant, durant tout le repas, il avait eu la sensation d'être un imposteur.

Quel ingénieur digne de ce nom avait peur de monter dans un avion ?

– Question suivante, lança Molly. Combien d'appareils de la compagnie Aero Horizon se sont déjà écrasés ?

Il la dévisagea. Est-ce que c'était de la provocation ?

Si la robotique lui avait appris une chose, c'était qu'il y avait mille manières pour une machine de cafouiller. Malgré les batteries de tests qu'il leur faisait passer, les Killbots trouvaient toujours le moyen de faire des trucs imprévisibles au beau milieu d'un match.

Il songea à l'avion, avec ses centaines de kilomètres de câbles, ses millions de rivets, ses soudures et ses vis, ses moteurs et leurs réservoirs pleins de kérosène hautement inflammable. À tout ce qui pouvait casser, se tordre, refuser de fonctionner ou exploser.

– Je dirais... deux ? hasarda-t-il en espérant ne pas être au-dessous de la réalité.

– Raté ! s'exclama Molly. Zéro !

– Vraiment ?

– Vraiment. Pas un seul accident en quarante ans !

– Oh. Merci.

Il eut un sourire soulagé et son irritation s'estompa un peu. Même lorsqu'elle s'employait à le tourmenter, Molly le faisait toujours pour une bonne raison.

Elle haussa légèrement les épaules, comme pour lui confirmer qu'il pouvait oublier ses craintes.

– Profite de ton voyage, Perez. Cette fois-ci, on va gagner pour de bon.

Javi lui présenta sa main ouverte et Molly tapa dedans.

– Killbots !

Depuis son siège, juste derrière, M. Keating se pencha vers eux.

– Dites, les jeunes, vous pourriez arrêter un peu, avec vos histoires de crashs aériens ?

– En fait, rétorqua Molly, nous parlions de la *totale* absence de crash.

– Oui, sans doute, la reprit fermement M. Keating, mais il y a des personnes qui sont plus nerveuses que d'autres en avion.

– Pas les ingénieurs comme nous, lança Molly en adressant un sourire entendu à Javi. Question suivante...

– La dernière ! supplia-t-il.

Elle ouvrait la bouche pour répliquer lorsqu'un *ping* résonna dans la cabine. Une voix leur annonça la fermeture des portes.

Javi avala péniblement sa salive. La veille au soir, il s'était imaginé bondissant de son siège à ce moment précis et fuyant l'avion à toutes jambes. Cependant, grâce à Molly, il se sentait à peu près tranquille.

– Vas-y, dit-il.

– Celle-là, c'est celle que je préfère, reprit-elle en serrant son livre contre son cœur, la réponse bien cachée à l'intérieur. Sais-tu comment les hôtesses appellent le moment où les masques à oxygène tombent ?

Il fit la grimace.

– Il y a un terme pour ça ?

– C'est l'une de leurs expressions secrètes. Laisse-moi te donner un indice. Ils descendent quand les capteurs signalent un manque d'oxygène, tu vois ? Et d'un coup, tous les masques dégringolent du plafond. Tout le monde s'affole, les gens se mettent à pousser des cris d'*animaux*... Alors, les hôtesses, elles appellent ça comment ?

– Heu... Une très mauvaise journée au boulot ?

– Non, non, non, fit Molly avec un sourire satisfait. Elles disent «la jungle de caoutchouc!» Tu comprends ? À cause des passagers qui réagissent comme des primates et de tous les masques qui pendent comme des lianes ! Et la plupart du temps, c'est juste à cause d'un détecteur en panne. Un petit incident.

Javi fit de son mieux pour lui rendre son sourire. Soudain,

il imaginait tous ces masques dans leurs compartiments au-dessus de sa tête, avec leurs tuyaux étroitement lovés, comme des diables prêts à jaillir de leur boîte et à déclencher une panique.

Un truc de plus qui pouvait mal tourner.

2
Yoshi

Il y avait une bande de gamins, deux ou trois rangs plus loin, qui n'arrêtaient pas de parler de crash.

Yoshi Kimura n'en perdait pas une miette. Cette fille avait une voix qui couvrait même les annonces de l'équipage. Elle claironnait toutes sortes d'anecdotes absolument *fascinantes* sur les avions en général, et le leur en particulier. Le problème, c'était que sa mère avait trop attendu pour acheter son billet. À cause de ça, il se retrouvait relégué à quelques mètres de la classe économique et de tous ces gens qui trouvaient que rester assis dans une boîte en fer-blanc pendant quatorze heures était fabuleux.

Il avait hâte que l'avion décolle, pour que le rugissement des réacteurs couvre les bavardages des autres voyageurs, et enfin être seul avec ses sombres pensées.

Pour la centième fois, Yoshi se demanda ce qui se passerait après son arrivée. Son père lui avait promis une punition épique, à la mesure de l'offense et de l'attente, mais il lui avait laissé tout le loisir d'imaginer la forme qu'elle prendrait.

Une hôtesse se pencha vers lui.

– Aimeriez-vous boire quelque chose avant le décollage, monsieur ? lui demanda-t-elle dans un anglais soigné.

– *Mizu, onegaishimasu*, répondit Yoshi.

La surprise de la jeune femme lui fit plaisir. La plupart des Japonais lui trouvaient une allure trop occidentale, trop *hafu*, pour imaginer qu'il soit capable de s'exprimer sans le moindre accent, mais il avait vécu à Tokyo durant ses dix premières années, jusqu'à ce que sa mère baisse les bras et décide de retourner à New York.

L'hôtesse s'inclina légèrement, s'éloigna, puis revint avec une petite bouteille d'eau. Yoshi la but d'un seul trait ; quand il la reposa, il avait toujours la gorge aussi sèche.

Le plus bizarre, c'était qu'il n'avait éprouvé aucune angoisse lorsque, neuf mois auparavant, il avait quitté Tokyo pour rentrer à New York. Avec dans sa valise une épée d'une valeur inestimable, une antiquité vieille de quatre cents ans – volée à son père.

Évidemment, à ce moment-là, il ignorait que le simple fait de faire franchir les frontières du Japon à son *katana* familial représentait une infraction à la loi. Son père lui avait toujours dit que ce sabre lui appartiendrait un jour, mais il n'avait jamais mentionné le fait que cet objet était un authentique trésor national, un élément du patrimoine culturel japonais, trop précieux pour sortir du pays.

Le katana se trouvait à présent dans la soute, soigneusement rangé dans son fourreau et emballé dans sa mallette de transport. Et assuré pour la somme de quatre cent mille dollars. Un chiffre qui, sans que Yoshi sache vraiment pourquoi, lui paraissait beaucoup plus impressionnant que des mots comme « patrimoine culturel ».

La veille, au téléphone, il avait demandé à son père ce qui se passerait si les douaniers japonais se mettaient en tête d'examiner ses bagages de près. Pouvaient-ils le jeter en prison parce qu'il *rapportait* l'épée dans le pays ?

– Tu aurais dû y réfléchir avant de la voler, avait simplement rétorqué son père.

Yoshi s'était retenu de lui faire remarquer que la seule raison pour laquelle il l'avait emportée, c'était parce qu'il comptait bien ne jamais remettre les pieds au Japon.

Un plan qui, manifestement, n'avait pas fonctionné comme il l'espérait.

Les annonces étaient terminées. L'avion s'engagea lourdement sur la piste d'envol, prit de la vitesse et s'éleva vers le ciel bleu. En fendant l'air comme une lame immense, il s'inclina lentement et décrivit un large virage sans cesser de monter.

Enfin, quand l'appareil eut atteint son altitude de croisière et fut redressé, Yoshi abaissa le dossier de son siège jusqu'à l'horizontale, comme un lit. Il se recroquevilla sous sa couverture, son casque vissé sur les oreilles, le regard rivé sur une tablette remplie d'*animes*.

Il avait intérêt à en profiter maintenant. Son père allait certainement lui retirer tous ses écrans dès qu'il aurait posé le pied à Tokyo. À neuf ans, parce que Yoshi avait échoué à un test de calligraphie, il l'avait privé d'ordinateur, de téléphone et de télé pendant un mois.

Quelle que soit la punition qu'il lui avait préparée cette fois-ci, elle serait bien pire et durerait tout l'été. Ce qui signifiait qu'il allait disparaître de la vie de ses amis new-yorkais. En septembre, tout le monde serait passé à autre chose. Nouvelles séries, nouvelles musiques, nouveaux mangas. Et lui, il serait oublié. Il serait redevenu un inconnu, obligé de repartir de zéro comme à son arrivée, trois ans auparavant.

Il serait toujours un étranger, songea-t-il, toujours du mauvais côté de l'océan Pacifique.

L'hôtesse revint et lui effleura l'épaule, probablement pour lui demander ce qu'il voulait pour le dîner. Yoshi se contenta de secouer la tête en se blottissant sous sa couverture. Il n'avait aucune envie de lui laisser voir ses yeux brillants de larmes.

Il souhaita tout à coup que cet avion n'arrive jamais au Japon.

3

Molly

Le blanc s'étendait à perte de vue.

Par endroits, la neige formait des monticules sculptés par le vent, comme des dunes dans le désert. Ailleurs, la glace se dressait en arêtes aiguisées, nées de la collision des plaques flottantes de la banquise. Le soleil montait à peine au-dessus de l'horizon et ses rayons faisaient courir de longues ombres sur les ondulations de la plaine immaculée.

Molly Davis frissonna à la vue de toute cette glace. Selon son écran vidéo, qui affichait la trajectoire de l'avion en temps réel, ils avaient franchi le cercle polaire depuis un bon moment.

Pas de villes. Pas de routes. Cela faisait une éternité qu'elle ne voyait rien d'autre que cet océan de blanc glacial.

Ce qui soulevait une intéressante question : si les pires craintes de Javi se vérifiaient et que l'avion s'écrasait, les passagers mourraient-ils tous de froid avant l'arrivée des secours ?

Molly regarda autour d'elle. On était en juin, et personne ne portait quoi que ce soit de plus épais qu'un petit pull.

Quant aux couvertures qu'on leur avait données, elles étaient si minces qu'on n'en aurait même pas voulu pour regarder un film.

Peut-être pourraient-ils fabriquer des tentes de survie avec les canots de sauvetage que mentionnaient les consignes de sécurité et se chauffer en brûlant du kérosène ? Serait-ce possible, sans faire sauter l'avion et tout le monde avec ?

Elle se détourna de la fenêtre pour demander à Javi de réfléchir avec elle sur ce problème, mais il n'était toujours pas réveillé.

Ça, c'était vraiment irritant. Il n'avait cessé de trembloter comme un dentier sauteur toute la matinée, et maintenant qu'elle commençait à s'ennuyer, il ronflait comme une locomotive.

C'était probablement mieux que de le voir faire sa tête de six pieds de long, se dit-elle. Depuis qu'ils avaient remporté le championnat par défaut, Javi se conduisait comme s'ils n'avaient pas vraiment gagné. Comme s'ils méritaient de perdre à Tokyo. Ce n'était pourtant pas leur faute si leurs adversaires avaient joué de malchance.

Voilà ce qu'on risque, à fabriquer des robots trop fragiles. Les Killbots, eux, on pouvait les faire rebondir à l'arrière d'un camion UPS sur des milliers de kilomètres et ils fonctionneraient sans doute parfaitement à l'arrivée. Ils étaient simples. Et capables de botter les fesses à tous leurs adversaires !

C'était comme ça qu'on construisait une machine, quand on était un bon ingénieur.

Elle tourna la tête en direction d'Oliver et d'Anna, mais ils étaient assoupis, eux aussi. Même M. Keating ronflait sur son siège.

Quatorze heures, c'était quand même vraiment long. Et elle détestait n'avoir personne à qui parler. À la maison, quand sa mère se murait dans sa solitude, Molly parlait parfois toute seule ; elle faisait les questions et les réponses. Tout plutôt que le silence.

Elle baissa les yeux sur l'étendue glacée et frissonna une nouvelle fois.

En entendant Javi laisser échapper un ronflement entrecoupé, elle se demanda si elle ne ferait pas mieux de se reposer un peu, elle aussi. Leur premier match aurait lieu le lendemain de leur arrivée, et elle n'avait aucune idée des effets du décalage horaire. Parmi les jeunes de l'Académie de sciences et de technologies de Brooklyn, Javi n'était pas le seul à n'avoir jamais pris l'avion.

Elle abaissa le volet du hublot et la plaine neigeuse disparut, puis elle se blottit dans son siège. L'oreiller de l'avion avait une drôle d'odeur, alors elle le laissa tomber au sol et prit son pull, qu'elle roula en boule.

En écoutant le ronronnement régulier des réacteurs, Molly s'imagina presque pouvoir s'endormir...

Dans son rêve, le paysage de neige défilait toujours sous le ventre de l'avion, interminable et vide.

Elle pouvait voir dans toutes les directions et pas seulement par son minuscule hublot. Les plaques de la banquise se déplaçaient lentement, poussées par les courants de l'océan et par les vents qui faisaient le tour du globe. De l'altitude où elle se trouvait, les forces qui mettaient la glace en mouvement prenaient tout leur sens, comme lorsque la solution d'un problème d'ingénierie lui apparaissait.

Toutefois, il y avait, loin devant, quelque chose d'incompréhensible. Là-bas, sous la neige, à plus d'une centaine de kilomètres, quelque chose attendait. Une chose qui lui rappelait sa mère. Solitaire, en colère contre le destin, un peu désorientée.

Mais qui savait ce qu'elle voulait.

La chose tendit des lignes de force pure pour s'emparer de l'objet de son désir...

De l'avion.

Molly fut traversée d'une secousse pareille à une décharge électrique. Dans son rêve, tout devint d'un blanc aussi aveuglant que le désert de neige.

La créature qui attendait sous les glaces avait planté ses griffes dans l'avion. Elle tranchait et sectionnait, lacérait les soudures du fuselage, mettait le feu aux centaines de kilomètres de câbles qui le parcouraient, faisait trembler l'appareil et infléchissait sa trajectoire par la seule force de sa volonté.

Soudain, son attention se détourna de la coque de métal et son regard incandescent se fixa sur *elle*, Molly Davis. Elle plongea dans son esprit et inonda son cerveau. Comme si elle cherchait à mieux la connaître...

Molly s'éveilla en sursaut, le souffle court. Dans la vraie vie, la situation était tout aussi ahurissante. Des voyants clignotaient dans toute la cabine et l'avion tressautait violemment. Il y avait de la fumée partout.

– C'est pas possible, murmura-t-elle. Je suis bien réveillée ? demanda-t-elle à Javi.

– Moi oui, rétorqua-t-il.

Il était tout pâle.

Une chance sur dix millions, songea Molly. C'était la probabilité qu'un avion de ligne s'écrase, s'il fallait en croire son encyclopédie. Elle était sur le point de le lui dire, lorsque le sifflement strident d'une alarme lui coupa la parole. Cinq cents masques à oxygène dégringolèrent brusquement du plafond, pendus à leurs tubes de plastique, et se mirent à danser follement comme une bande d'affreuses marionnettes, au rythme des secousses de l'avion, dans la fumée, les lumières vacillantes et la cacophonie.

La jungle de caoutchouc. Et les passagers se mirent à hurler en chœur.

4

Anna

Le masque à oxygène dansait et tressautait comme s'il était vivant devant le nez d'Anna Klimek. Complètement affolée, elle s'en saisit et essaya de se souvenir de ce qu'elle était censée faire ensuite.

Tirez le masque vers vous pour libérer l'oxygène.

De l'oxygène. Voilà une excellente idée. Anna tira, appliqua le masque contre son visage et inspira un bon coup. Il puait l'antiseptique et le caoutchouc, ce qui, à tout prendre, était plus agréable que la fumée âcre qui l'avait réveillée et lui piquait les yeux. Elle était si épaisse qu'on voyait à peine au travers. Anna maintint le masque d'une main.

À côté d'elle, M. Keating criait quelque chose, mais les alarmes hululaient si fort qu'elle ne parvint pas à l'entendre. L'avion trembla et la secoua brutalement.

Elle se tourna vers Oliver. Agrippé à ses accoudoirs des deux mains, il avait la bouche béante sur un hurlement inaudible. De sa main libre, Anna attrapa son masque et le lui plaqua contre le visage. Il ouvrit des yeux éberlués, regarda l'objet une seconde, comme s'il ne comprenait pas ce que c'était, puis leva finalement la main et le maintint pressé sur sa bouche et son nez.

Il avait les yeux brillants de larmes. Anna voulut lui sourire, le rassurer, mais son visage était paralysé, comme déconnecté de son cerveau.

Que devait-elle faire à présent ? Elle se remémora les consignes de sécurité. Quelque chose au sujet de la position à adopter en cas de crash...

Oui. C'était vraiment ce qui se passait. L'avion était en train de tomber.

Il y eut comme un déclic dans son esprit, et soudain la peur s'évanouit, remplacée par des questions.

Est-ce que ça fait mal, lorsqu'on s'écrase ? Ou est-ce que c'est trop rapide pour qu'on s'en rende compte ?

Comme souvent dans les situations les plus critiques, lorsque la partie froide et sans émotion de son cerveau prenait le dessus, elle se sentit presque apaisée.

Mais la panique s'empara d'elle à nouveau quand un épouvantable fracas métallique fit trembler toute la carlingue. Un bruit d'arrachement grinçant, juste au-dessus de sa tête. D'un seul coup, le plafond s'ouvrit en deux. La longue épine dorsale de l'avion, avec ses lumières, ses compartiments à bagages et ses petits évents d'aération, se souleva et éclata en millions de fragments de plastique beige qui s'envolèrent. Le masque à oxygène d'Anna lui échappa, emporté par une brusque rafale, et disparut en tourbillonnant.

– J'y crois pas... balbutia-t-elle.

Par la brèche, elle découvrit soudainement le ciel d'une

blancheur éblouissante, la dure lumière du soleil, l'atmosphère chargée de flocons. Le vent glacial soufflait à des centaines de kilomètres à l'heure. Elle plissa les paupières pour protéger ses yeux déjà irrités par la fumée. Elle avait si mal aux oreilles qu'elle avait l'impression que sa tête était sur le point d'exploser.

Les violentes bourrasques qui s'engouffraient dans la cabine firent s'envoler toutes les revues, les consignes de sécurité et les cartes d'embarquement glissées dans les vide-poches des fauteuils, créant un blizzard de papier qui lui fouetta les bras et le visage. Quelques secondes plus tard, elles avaient disparu, avalées vers le ciel en un nuage de débris. Il ne restait plus rien, à part des câbles sectionnés et des fragments de plastique qui battaient follement au vent le long de la bordure du toit arraché.

Étrangement, la partie rationnelle du cerveau d'Anna trouva le moyen de se demander : *Comment se fait-il que nous volions encore ?*

Il lui semblait que l'avion tout entier aurait dû céder à la fureur des éléments et se replier sur lui-même comme une feuille de papier d'aluminium froissée ; pourtant il poursuivait sa course dans l'air glacé, droit devant lui, comme guidé par une main géante.

C'est alors que se produisit un phénomène encore plus étrange. Une sorte de tempête électrique entra dans la cabine et commença à se déplacer, comme une araignée aux mille pattes faites d'éclairs, qui bondirait de siège en siège.

Lorsqu'elle arriva à Anna, un bourdonnement envahit son

esprit, accompagné d'une douleur aiguë, aussi éblouissante que le ciel blanc. Elle serra étroitement les paupières, mais la douleur s'accrochait. Les éclairs rampaient dans sa tête, fouillaient, pillaient.

C'était comme s'ils s'étaient emparés de son cerveau pour l'étudier et le forcer à effectuer des milliers de microtests logiques. Durant un bref instant, Anna crut qu'elle allait avoir une attaque, mais la partie froide et analytique de son esprit reprit le contrôle, et elle ressentit une étrange exaltation.

Enfin, la tempête électrique s'apaisa, la laissant épuisée et meurtrie, avec l'impression d'avoir été essorée. Elle battit des paupières et se tourna vers M. Keating.

— Qu'est-ce qui s'est passé ?

Il avait disparu. Son siège n'était même plus là. À sa place, il ne restait qu'une déchirure dans le plancher de la cabine.

— Attendez... commença Anna.

L'éblouissante onde de lumière revint et s'enroula autour du passager assis de l'autre côté de l'allée. Il se tordit, comme secoué de spasmes, et poussa un cri si perçant qu'Anna l'entendit malgré le rugissement du vent.

Le siège de l'homme se mit à trembler, à se plier et à se déformer autour de lui. Tout à coup, il s'arracha du sol, se souleva et s'envola, catapulté avec son passager à travers la brèche au-dessus de leurs têtes, vers le ciel d'un blanc aveuglant.

— Non, articula-t-elle, la mâchoire crispée. C'est juste un cauchemar.

Elle se sentit soulagée par la certitude soudaine qu'il s'agissait forcément d'une hallucination.

Le nuage d'éclairs poursuivit son chemin le long de l'allée, et Anna ferma les yeux en serrant les paupières aussi fort qu'elle le pouvait pour chasser l'éblouissement et l'irréalité de ce qui se passait. Elle fit de son mieux pour ignorer les cris, le son du métal torturé, les rafales si glacées qu'elles lui coupaient le souffle.

Elle évacua de son esprit tout ce qui l'entourait, se couvrit la bouche de ses mains et hurla dedans, aussi fort que possible, en souhaitant de toutes ses forces que ce cauchemar s'évanouisse et que tout redevienne comme avant. Mais le froid, la lumière et le vacarme refusaient de se laisser oublier.

En rouvrant les yeux, elle découvrit qu'il ne restait presque plus de sièges dans l'avion. Javi et Molly étaient là, juste devant, et Oliver était assis à côté d'elle.

L'étrange phénomène électrique avait disparu, mais les bourrasques étaient toujours aussi sauvages.

Elle se tourna vers le plastique craquelé de son hublot et aperçut quelque chose. Une immense muraille scintillante défilait, luisante comme un miroir, comme si le ciel s'était solidifié autour d'eux.

Puis une brume laiteuse s'étendit comme un voile derrière l'ouverture, et le ciel s'emplit de nuages. L'air glacé se chargea d'humidité.

Un *crac* retentissant résonna sous ses pieds, suivi d'un millier de grincements suraigus, qui se répercutèrent dans tout l'avion. Quelque chose frottait contre le ventre de la carlingue.

Elle se souvint juste à temps des instructions sur la position à adopter en cas de crash et se pencha en avant, les coudes calés contre le dossier de Javi. L'avion toucha le sol, rebondit d'une manière qui lui souleva le cœur, puis continua sa course en une longue glissade, en se balançant d'un côté à l'autre, dans un concert de craquements et de claquements.

Enfin, il s'immobilisa. Le plancher de la cabine était incliné comme dans l'une de ces attractions de fête foraine où le jeu consiste à essayer de ne pas tomber. Anna se redressa, s'appuya contre le dossier de son siège et leva les yeux.

Un enchevêtrement de branches chargées de feuillages barrait le ciel.

Sans qu'elle sache vraiment pourquoi, cette dernière étrangeté la délivra de sa panique. Ce n'était plus le moment d'avoir peur. Tout à coup, elle avait la sensation d'observer la situation de très haut, à des milliers de kilomètres.

Effrayés par le monstre de métal qui venait de s'écraser dans leur forêt, plusieurs oiseaux passèrent en poussant des appels aigus. Et des profondeurs du calme étrange qui s'était emparé d'elle, Anna nota que leurs cris ne ressemblaient à aucun chant d'oiseau qu'elle ait déjà entendu.

5

Javi

Plus rien ne bougeait. Javi avait les oreilles qui bourdonnaient et la lumière l'aveuglait complètement. Son siège penchait sur le côté, et il y avait quelque chose de collé sur son visage qui l'étouffait. Il essaya de s'en débarrasser, mais l'objet lui revint sèchement en pleine figure.

Des élastiques. Le masque à oxygène. Bien sûr.

Il l'enleva et se rendit compte que le tuyau n'était plus relié à rien. Le plafond avait disparu. Le ciel était d'un blanc éblouissant.

Tout lui revint d'un coup. Le toit de l'avion avait été arraché.

Il essaya de se lever, mais n'y parvint pas. Même en s'appuyant sur ses deux mains et en poussant de toutes ses forces, il ne réussissait qu'à se soulever de quelques centimètres...

Est-ce que j'ai les jambes cassées ?

– Ta ceinture de sécurité, lui rappela Molly.

– Oh. Ah, oui.

Javi se détacha et se releva. Ses jambes fonctionnaient,

mais elles le soutenaient à peine. Il chancela. Enfin, ses yeux s'accoutumèrent à la luminosité, et il découvrit à quel point le sol de la cabine penchait. La plupart des sièges avaient disparu.

Avec leurs occupants.

Il regarda autour de lui et ne vit que Molly, Anna et Oliver. La Team Killbot au grand complet. Les autres passagers n'étaient plus là.

– Où sont passés les gens ?

Anna voulut répondre, mais Molly lui coupa la parole.

– Il vaudrait mieux qu'on sorte, au cas où il y aurait un incendie.

Javi renifla. Il ne savait pas vraiment ce que sentait le kérosène, mais il était à peu près certain qu'il n'avait pas cette odeur d'humidité un peu âcre, semblable à celle qui régnerait dans une serre pleine de fleurs tropicales.

Il leva les yeux vers l'énorme brèche qui divisait la carlingue. La jungle de caoutchouc avait été remplacée par... une vraie jungle ?

Des arbres immenses dominaient l'avion de toute leur hauteur. Des bouquets de fougères rougeâtres et des corolles écarlates, aux pétales pointus, s'accrochaient à leurs troncs, et des oiseaux volaient de branche en branche en poussant des cris aigres. Le ciel était d'un blanc cotonneux, comme si cette jungle flottait au cœur d'un nuage. Mais le plus bizarre, c'était qu'il faisait chaud. L'atmosphère était lourde, chargée d'humidité, comme celle de Brooklyn au cœur de l'été, quand pas un souffle d'air ne venait vous rafraîchir.

– Où est-ce qu'on est tombés ? murmura-t-il.

Ils levèrent tous les yeux sur la végétation, puis Javi baissa la tête et son regard se posa sur les trous dans le plancher de la cabine, là où auraient dû se trouver les sièges des autres passagers.

C'était trop affreux à voir ; un bourdonnement insistant lui emplit les oreilles.

– Mais qu'est-ce qui se passe ? dit soudain Oliver.

Il s'accrochait à la main d'Anna, qui semblait à peine consciente de sa présence.

– Pourquoi est-ce qu'on n'est pas morts de froid ? s'interrogea-t-elle.

Ils se tournèrent tous les trois vers Molly, comme toujours lorsqu'ils étaient confrontés à un problème insoluble.

– Je n'en sais rien, répliqua cette dernière, mais ce n'est pas en attendant ici qu'on va trouver la réponse. Et encore moins si l'avion explose !

Elle leur indiqua la sortie de secours.

Javi en frissonna de soulagement. Tout valait mieux que rester là, à contempler sans rien faire les socles des sièges disparus, dont les rangées s'étiraient comme une collection de dents cassées.

Ils se dirigèrent vers la porte, en faisant attention à ne pas trébucher sur le plancher incliné et criblé de trous. Javi arriva le premier et regarda à travers le petit hublot. Il ne restait pas grand-chose de l'aile de l'avion. À peine un moignon déchiqueté, vaguement trapézoïdal. Les ailerons et les volets d'atterrissage avaient disparu, arrachés dans la glissade. Tous ces débris et ce métal luisant juraient vraiment avec la végétation sauvage et colorée de la jungle.

Il examina brièvement le schéma affiché au-dessus de la sortie de secours, puis tira sur la grosse poignée rouge. La porte de l'avion se décolla légèrement de son encadrement, et Javi la poussa vers l'extérieur. Elle atterrit sur l'aile, avec un *bang* sonore qui déclencha un concert de cris d'oiseaux. Puis il y eut le sifflement du toboggan d'évacuation qui se gonflait automatiquement.

Javi avança prudemment. La surface de l'aile était maculée de feuillages écrasés, rougeâtres et gluants de sève, et son bord d'attaque était tout gondolé par les arbres et la végétation qu'elle avait percutés durant leur glissade. De là où il se trouvait, il pouvait voir la longue tranchée creusée à travers la jungle par l'avion lors de son atterrissage en catastrophe.

Elle était parsemée de débris de fuselage, de bagages et de troncs brisés. Mais il n'y avait pas de corps.

Les cinq cents passagers qui voyageaient avec eux s'étaient juste... évaporés.

– Javi, avance, murmura Molly dans son dos.

La rampe de secours n'avait mis que quelques secondes à se déployer. Elle était jaune vif et faite de boudins rebondis, un peu comme les châteaux gonflables destinés aux enfants. Une minute plus tard, ils se retrouvèrent tous les quatre à l'extérieur. Le sol était souple sous le pied et recouvert d'un épais tapis de lianes pourpres. Tout était rouge sang dans cette jungle, et terriblement vivant. En plus des cris des oiseaux, ils pouvaient à présent entendre le bourdonnement des insectes iridescents qui voletaient au-dessus du sol.

Rassemblés au pied du toboggan, les membres de la Team Killbot se regardèrent en silence.

– Cette histoire n'a aucun sens, murmura enfin Molly.

Elle se retourna pour examiner l'avion, ou du moins ce qu'il en restait. Tout l'empennage avait disparu et le fuselage s'interrompait à une douzaine de mètres en arrière de l'aile, brisé net. À l'avant, le cockpit avait été éventré.

– Plus de queue, plus de pilotes, reprit-elle. Mais nous avons filé en ligne droite, comme s'il s'agissait d'un atterrissage d'urgence contrôlé.

– Alors que l'avion aurait dû tomber en tournoyant et rebondir à l'arrivée. Normalement, on devrait tous être morts, acquiesça Anna d'un ton détaché.

Oliver lui lâcha la main avec un mouvement de recul.

– Qu'est-ce que tu racontes ? se récria-t-il. C'est n'importe quoi ! On n'est pas au bon endroit et tout le monde a disparu. On a dû s'évanouir pendant que les autres allaient chercher du secours, c'est tout !

Javi hocha la tête. Évidemment. Les secours allaient arriver, c'était toujours comme ça quand il y avait un gros accident d'avion. On envoyait des hélicoptères, d'autres avions pour survoler la zone, des troupes de sauveteurs au sol. Les appareils long-courriers étaient équipés de balises qui communiquaient constamment leur position aux services du contrôle aérien. Ils ne pouvaient pas disparaître...

– Mais pourquoi ils auraient quitté l'avion ? rétorqua Molly. Il y avait des centaines de passagers. Ils n'ont sûrement pas filé droit devant eux dans la jungle !

– Ils ne sont pas partis, dit Anna. Ils ont été enlevés.

6

Molly

Molly ouvrit de grands yeux en regardant Anna.

– Quelque chose est entré dans l'avion au moment où il s'est écrasé, affirma cette dernière. Une sorte de créature électrique.

Molly sentit un frisson glacé lui parcourir l'échine. Elle avait vu les éclairs se propager de siège en siège, mais elle s'était dit qu'il s'agissait d'un rêve, qu'elle devait être victime d'une sorte de panne de cerveau due à la panique. Mais si Anna avait vu la même chose, ça voulait peut-être dire que c'était réellement arrivé.

Elle se souvint de ce qu'elle avait éprouvé. Comme si l'électricité la sondait, la testait, pour finir par l'accepter.

Tandis qu'elle avait rejeté les autres.

– Elle a emporté ces gens, reprit Anna. Elle les a soulevés et...

– On cherchera ce qui s'est passé plus tard, coupa Molly.

À voir sa mine, Oliver n'était pas capable d'en entendre plus pour le moment.

Molly n'était même pas sûre qu'Anna ou Javi soient en

état d'évoquer ce qui était arrivé aux autres passagers, mais Oliver était le plus jeune. Il avait deux ans de moins qu'eux et il était un peu leur mascotte. Sa mère avait commencé par refuser de signer l'autorisation pour le voyage et elle n'avait cédé que lorsque Molly lui avait promis qu'elle prendrait soin de lui.

Elle le regarda scruter la jungle comme s'il s'attendait à voir surgir une équipe de secouristes. Si Oliver se mettait à paniquer, tout le monde en ferait autant, y compris elle.

Il fallait leur changer les idées, et son encyclopédie ne pouvait lui être d'aucune utilité.

– Commençons par le commencement, lança-t-elle. La première chose à faire, c'est de savoir si ces moteurs risquent d'exploser ou pas, d'accord ?

Elle avait leur attention. Tous les yeux se tournèrent vers les deux réacteurs fixés à l'aile. Les arbres qu'ils avaient percutés par dizaines durant la chute ne les avaient pas arrangés. Leurs énormes ouvertures étaient bouchées par des monceaux de feuillages et de débris d'écorce, parmi lesquels brillaient même quelques plumes colorées. Ils étaient environnés de vapeurs, qui montaient dans l'atmosphère humide, et ils crépitaient et sifflaient comme une bûche de bois vert dans une cheminée. Le métal était noirci, mais à première vue il n'y avait pas de flammes.

– Ça ne sent pas le kérosène, commenta Javi.

Anna acquiesça.

– On ne sait pas ce qui a éventré le toit de la cabine, mais ce n'est certainement pas un feu de moteur qui a provoqué ça, ajouta-t-elle.

– Ce qui veut dire que nous ne risquons probablement rien, reprit Molly, en leur laissant le temps de bien intégrer l'information. Deuxième question : est-ce qu'il y a un autre survivant dans les parages ?

Javi prit une profonde inspiration.

– Hé ! cria-t-il. Il y a quelqu'un ?

Seuls les oiseaux répondirent. Molly ne s'y connaissait pas vraiment en oiseaux, mais ceux-là poussaient des cris pour le moins étranges. Des glapissements qui variaient du grave à l'aigu. On aurait dit le grincement d'une porte rouillée pivotant sur ses gonds.

Un sifflement soudain les fit sursauter et une sorte de bras géant émergea du fuselage, à l'avant de l'épave !

Oliver poussa un hurlement de terreur. Molly se plaça devant lui pour le protéger, puis elle comprit en voyant une porte s'ouvrir. Il s'agissait simplement d'un toboggan gonflable qui se tortillait follement sous la poussée de l'air.

– Ce n'est rien, dit-elle à Oliver.

Elle regarda la rampe se déployer, en s'émerveillant de la rapidité avec laquelle l'enveloppe de plastique froissé se dépliait et changeait de forme.

Deux filles apparurent et descendirent sur l'aile d'un pas mal assuré, en se tenant par la main. Elles portaient des jupes identiques, comme celles d'un uniforme d'écolières. Un garçon plus grand sortit derrière elles.

Molly poussa un soupir de soulagement épuisé. S'il y avait

des survivants, cela signifiait peut-être qu'Oliver avait raison : les autres passagers avaient dû se disperser dans cette inexplicable jungle.

– Hé, vous là-haut ! Faites attention ! cria-t-elle. Allez les aider, ajouta-t-elle pour Oliver et Anna. Nous, on reste ici pour faire le guet.

Anna fit signe à Oliver de l'accompagner et se dirigea vers l'avion en piétinant le tapis de lianes qui recouvrait le sol. Il la suivit, visiblement rassuré d'avoir quelque chose à faire.

Javi et Molly se retrouvèrent seuls. Javi se tourna vers son amie et la dévisagea. Il avait l'air un peu sonné.

– J'espère que tu ne t'attends pas à ce que je formule une hypothèse ou une théorie.

Molly prit une inspiration. Elle ne savait pas vraiment ce qu'elle voulait, à part comprendre ce qui leur était arrivé. Et Javi pouvait l'y aider. S'il y avait une chose que lui avait enseignée l'existence aux côtés de sa mère, c'était qu'il valait mieux partager la folie que la conserver enfermée dans sa propre tête.

– Dis-moi juste ce que tu en penses.

– Si tu veux.

Javi examina le paysage environnant. La stupéfaction se lisait sur son visage.

– On dirait que nous sommes dans la jungle, mais nous savons qu'entre Tokyo et New York, il n'y a que le Canada, l'Alaska et l'océan.

Molly l'écoutait sans quitter du regard les deux filles en

train de descendre de l'aile. La première se laissa glisser au sol.

– Tu oublies la baie d'Hudson.

– Qui n'a jamais été une jungle, rétorqua Javi. Ce qui signifie que nous avons complètement dévié de notre route. Peut-être à cause d'une tempête ? D'un détournement ? Et on serait arrivés en... Amérique du Sud ?

Il regardait les arbres avec stupeur.

– On aurait filé droit vers le sud sur des milliers de kilomètres sans que personne s'en aperçoive ? Ça n'a pas de sens.

– Je n'ai jamais dit le contraire ! répliqua Javi avec un soupçon de panique.

– Désolée, c'est seulement que... (Molly s'interrompit et secoua la tête.) Juste avant de m'endormir, j'ai jeté un coup d'œil par le hublot et il n'y avait que de la neige à perte de vue. Il nous aurait fallu au moins douze heures de vol pour arriver au-dessus de l'Amérique du Sud. Tu connais des avions qui peuvent emporter autant de carburant, toi ?

– Tu as sûrement raison. Mais la vraie question n'est pas de savoir où on est, n'est-ce pas ?

Javi leva les yeux vers la carcasse silencieuse et ses rangées de hublots.

– C'est plutôt de savoir où ont disparu tous les autres.

Molly eut soudain l'impression qu'une épine de glace s'était logée dans sa gorge.

– Si tu penses la même chose que moi, on ne peut pas en parler à Oliver.

– Et qu'est-ce qu'on pense, exactement ? interrogea Javi.

Molly hésita. Au pied du toboggan, Anna encourageait la deuxième fille à se laisser glisser, mais elle avait l'air d'avoir peur. Le garçon la fit s'écarter et descendit le premier. Molly toussota pour s'éclaircir la voix.

– Les éclairs dont parlait Anna ? Moi aussi, j'ai...
– Chut ! l'interrompit Javi. Écoute !

Molly tendit l'oreille. Elle n'entendait rien d'autre que les étranges oiseaux, le bourdonnement des insectes, et un grondement lointain qui faisait penser à une chute d'eau. Puis elle identifia un nouveau bruit, du côté de l'avion. Une sorte de grattement.

Elle se tourna. Il y avait une déchirure dans le ventre de l'appareil, juste sous l'aile.

– Dans la soute ? murmura-t-elle.
– Ça pourrait être un chien, ou un truc du même genre, répondit Javi à voix basse. Tu crois qu'il y a des gens qui emmèneraient un chien en avion jusqu'au Japon ?
– On a bien emmené des robots qui jouent au football, rétorqua-t-elle. Allons voir.

Elle se dirigea d'un pas décidé vers la brèche. C'était toujours mieux que de continuer à essayer d'imaginer ce qui avait pu arriver aux passagers disparus.

La déchirure était étroite, avec des rebords déchiquetés, coupants par endroits, mais ils réussirent à se glisser à l'intérieur. Il y faisait très sombre. Ils se faufilèrent entre les bagages répandus, lentement et en silence.

Et si une bête s'était introduite dans l'épave ?

Les jungles étaient pleines de prédateurs. Des pythons. Des jaguars. Des tigres.

Molly se força à se souvenir qu'il n'y en avait pas au Canada. Des grizzlys, ça, c'était possible, mais qu'est-ce qu'un grizzly ferait en pleine jungle ?

Tout cela n'avait absolument aucun sens. Et quand la logique ne servait plus à rien, la peur était souvent utile.

De nouveaux grattements leur parvinrent d'un peu plus loin dans l'obscurité.

– Ce serait tellement bien d'avoir une lampe de poche, souffla Javi.

Molly s'arrêta. Juste devant elle, un rayon de soleil pénétrait dans la soute par un trou dans le fuselage, mais sa luminosité ne faisait que rendre la pénombre plus opaque.

Elle aperçut un morceau de métal brillant sur le sol.

– Attends.

Elle ramassa le bout de métal et s'en servit pour intercepter le rayon et le rediriger vers les ténèbres. Elle le promena sur les bagages et les caisses éparpillés. Une silhouette leur apparut, un peu plus loin.

– Parfait ! cria une voix. Continuez à m'éclairer !

Elle jeta un regard à Javi. Un autre passager.

– Qu'est-ce que vous faites ? cria-t-elle en retour.

La silhouette se redressa et se tourna vers elle, se protégeant le visage de la main.

– Je cherche ma valise ! Vous pourriez éviter de me coller cette lumière dans les yeux, s'il vous plaît ? Je cherche un sabre.

7

Yoshi

– Un sabre ! s'étonna son interlocutrice.
Yoshi soupira.
– Regardez si vous voyez une longue mallette en cuir. Il est très précieux !
– Heu... Bon, d'accord.
Le rayon lumineux oscilla, et il comprit qu'il ne s'agissait pas d'une lampe torche, mais d'un objet dont la fille qui lui parlait se servait pour réfléchir la lumière du soleil. En plus, c'était une gamine. Elle devait avoir au moins un an de moins que lui.

Où était l'équipage ? Et les autres passagers ?

Mais le plus important était de savoir comment il allait faire pour retrouver le katana du XVIIe siècle, son héritage familial.

La lumière l'éblouit et il réprima un vertige...

Écrasé ! Son avion s'était écrasé !

De toutes les calamités possibles – la perte de ses bagages, un détournement, des agents des douanes trop fouineurs –, pourquoi avait-il fallu qu'il soit victime d'une catastrophe aussi improbable ?

Il voyait déjà son père secouer la tête avec un air méprisant. *Ton avion s'est écrasé ? Tu aurais dû y penser avant de voler le trésor de ta nation !*

Ça n'avait aucun sens, pourtant Yoshi avait l'impression d'entendre son père aussi clairement que s'il était à côté de lui.

Il se demanda une nouvelle fois s'il ne s'agissait pas juste d'un cauchemar. L'avion en mille morceaux, les lumières étranges, la jungle invraisemblable. Et après l'accident, ce trou fumant dans le plancher de la cabine, par lequel il s'était laissé tomber dans la soute pour atterrir au milieu de ce bric-à-brac de valises toutes plus moches et minables les unes que les autres, et dont aucune n'était la mallette de son katana !

– Vous avez dit une longue boîte, c'est ça ? lança une voix, celle d'un garçon cette fois. En cuir noir ?

– Oui !

Yoshi écarta les bagages qui lui barraient le passage et se précipita vers les deux silhouettes. Le garçon tenait un objet d'à peu près un mètre de long et large comme un livre de poche. En approchant, il put voir l'étiquette de l'assurance et celle qui précisait « objet prioritaire » accrochées à la poignée.

– C'est bien ça !

Il lui arracha la mallette des mains, la souleva et la soupesa. Oui, son sabre était toujours dedans.

Ils le dévisageaient, les yeux ronds. Yoshi se reprit.

– Merci, dit-il en s'inclinant. J'ai une dette envers vous.

– Heu, si tu le dis, répondit le garçon. Content de t'avoir rendu service.

Yoshi se sentait terriblement soulagé. Il dut s'empêcher d'ouvrir la mallette immédiatement pour en sortir le sabre sous leurs yeux ébahis, juste pour s'assurer qu'il était intact.

– Nos amis sont dehors, dit la fille en lui indiquant d'un hochement de tête la brèche dans le fuselage, un peu plus loin. Et nous avons aussi trouvé quelques personnes.

– D'accord, répondit Yoshi. Je vous accompagne.

Peut-être que quelqu'un, dehors, savait ce qui se passait.

Le soleil était aveuglant, et l'odeur de la jungle lourde et pénétrante.

Yoshi n'avait jamais vu un endroit pareil, ni dans ses livres, ni dans ses magazines, ni même au cinéma. Et certainement pas dans la vraie vie. Il avait l'impression d'être dans *Jurassic Park*. Il s'attendait presque à voir des dinosaures surgir de la jungle et disparaître au galop.

Cinq personnes les attendaient à l'extérieur. Le plus grand des garçons, un Occidental aux cheveux coupés en brosse, paraissait le plus âgé. La fille occidentale, blonde et mince, devait être à peu près de son âge, et le garçon blond et les deux Japonaises étaient plus jeunes. La fille et le garçon qui l'avaient trouvé dans la soute avaient tous les deux la peau noire et des cheveux bouclés. C'était leur seul point commun. Elle était maigre et athlétique, tandis qu'il était plus petit et manifestement peu sportif.

Un groupe assez hétéroclite, à l'exception d'un détail : il n'y avait aucun adulte parmi eux. Une curieuse coïncidence, songea-t-il, mais pas aussi bizarre que ce qui leur était arrivé.

Ils se regardèrent tous en silence durant quelques secondes, puis le garçon aux cheveux coupés en brosse prit la parole.

– Je crois que nous sommes seuls. J'ai cherché dans tout l'avion, mais il ne reste plus rien, à part les socles des sièges arrachés. Le plafond est éventré sur toute la longueur. C'est comme si l'avion s'était désintégré en plein vol !

Il avait le souffle court. Il était visiblement sous le choc.

Yoshi se sentait étrangement calme, comme si son cerveau était encore convaincu qu'il ne s'agissait que d'un rêve. Ou peut-être était-ce le poids rassurant du katana au bout de son bras qui lui permettait de rester ancré dans la réalité.

Le garçon pointa du doigt une boîte en plastique posée à ses pieds.

– J'ai trouvé un kit de survie et je suis sûr que les secours sont en route. Il faut juste qu'on s'organise. On pourrait allumer un feu pour qu'ils nous voient.

– On ne peut pas faire ça, intervint la fille qu'il avait rencontrée dans la soute.

– Bien sûr que si ! s'écria le garçon en s'agenouillant et en ouvrant le kit de survie. Il y a probablement un briquet là-dedans.

– Non, ce n'est pas ce que je voulais dire... rétorqua-t-elle avec un soupir d'exaspération. Tu vois l'aile de l'avion, là, toute déchiquetée ? Elle est pleine de kérosène. À la moindre émanation qui s'en échappe, ce n'est pas un feu d'alerte que tu auras, c'est une explosion tellement grosse qu'on pourra la voir depuis Mars !

Le garçon lui jeta un regard irrité. Il respirait fort et un frémissement passa dans le groupe. Tout le monde sentait bien qu'une lutte pour le pouvoir venait de se déclencher. Soudain, le garçon qui avait trouvé son sabre fit un pas en avant.

– On devrait peut-être commencer par se présenter, dit-il. Je m'appelle Javi.

La tension s'apaisa et tous échangèrent leurs noms. La fille qui était dans la soute s'appelait Molly, et ses deux amis blonds, Oliver et Anna. Le nom du garçon qui se prenait pour le chef du groupe était Caleb.

Ce dernier pointa le doigt sur les deux Japonaises.

– Elles ne parlent pas notre langue. Est-ce que tu parles japonais ? demanda-t-il à Yoshi.

Celui-ci acquiesça et se tourna vers les deux filles.

– *Onamae-wa nan desu ka ?*

– Kira, dit la première en s'inclinant.

– Akiko, répondit l'autre.

Yoshi les considéra d'un œil critique. Ces noms signifiaient tous deux « brillante » et elles portaient des jupes identiques. Des sœurs dont les parents s'amusaient d'un rien, à l'évidence. Kira avait teint une mèche de ses cheveux en blanc. Sans doute la rebelle du duo.

– Je suis Yoshi Kimura, dit-il, pour terminer les présentations.

– OK ! lança Caleb en claquant des mains comme pour

rappeler à l'ordre les participants d'une réunion. Je crois que nous n'aurons pas besoin d'un feu d'alerte, après tout. Cet avion est assez facile à repérer. Et il doit contenir toutes sortes de boîtes noires et de balises susceptibles de permettre notre géolocalisation.

Yoshi vit Javi et Molly échanger un regard. Caleb ne s'aperçut de rien.

– Bien sûr, nous ne savons pas combien de temps les secours vont mettre pour arriver, poursuivit-il, alors on devrait probablement construire un abri.

– Pour se protéger de quoi ? s'enquit Molly.

Caleb la fixa d'un air agacé. Il n'avait clairement pas l'habitude qu'on le contredise.

Sans se démonter, Molly le regarda droit dans les yeux.

– Il ne fait pas assez froid pour qu'on ait besoin de se réchauffer, et s'il pleut, on pourra camper sous une aile ou l'un des toboggans de l'avion. Et si un prédateur approche, j'aimerais mieux me réfugier dans l'avion que dans une cabane dans un arbre.

– Un prédateur ? souffla Oliver en tournant des yeux effrayés vers la jungle.

Anna regarda autour d'elle.

– Bien vu, Molly. Cette forêt abrite à l'évidence un écosystème très développé. Il y a forcément quelque chose qui mange tout le reste au sommet de la chaîne alimentaire.

Oliver blêmit et Molly adressa un regard de reproche à Anna.

– Sans compter les insectes, lança Javi. Je n'ai campé

qu'une seule fois, mais je me souviens qu'on s'est fait dévorer par les moustiques dès la tombée de la nuit.

– Tu as raison, rétorqua Molly, mais on ne peut pas fabriquer une moustiquaire avec des feuilles de palmiers. Cette idée de construire un abri est complètement idiote.

– On devrait chercher des bombes d'insecticide, alors, proposa Javi.

Yoshi observait Caleb, qui les regardait tous d'un air de plus en plus surpris, comme étonné de ne pas être la vedette du spectacle.

Selon Yoshi, personne ne posait les bonnes questions.

Comment un avion en vol au-dessus de l'Arctique avait-il pu s'écraser en pleine jungle ? Qu'étaient devenus les autres passagers ? Étaient-ils tous morts ?

Il écarta ces pensées. Inutile d'imaginer le pire avant d'avoir pris le temps d'explorer.

– *De l'insecticide* ? lança Caleb. Vous vous rendez compte de la gravité de la situation ou pas ?

Il y avait de la colère dans son intonation, ou peut-être était-ce simplement la panique.

– Pourquoi vous vous disputez ? s'écria Oliver. C'est n'importe quoi, on n'y comprend plus rien, et tout le monde a disparu ! Et où est M. Keating ?

Il s'effondra, secoué de sanglots, et le silence se fit. Molly avait l'air bouleversée, près de pleurer, elle aussi – ou peut-être de frapper quelqu'un. Kira et Akiko se serraient l'une contre l'autre en se tenant la main.

Yoshi ferma les paupières quelques secondes. Son père

disait toujours que les mangas et les *animes* n'étaient que des distractions inutiles, et qu'il valait mieux se concentrer sur la réalité. À présent que la réalité était là, devant lui, et qu'elle le regardait droit dans les yeux, il savait exactement ce qu'il avait à faire.

Il s'agenouilla devant le kit de survie. Il ne lui fallut qu'un instant pour trouver une gourde, une boussole et un émetteur-récepteur. D'un coup de pouce, il ouvrit les fermoirs de sa mallette, vérifia qu'il avait bien l'huile, la poudre et le chiffon – tout y était – et prit le katana. Il passa la sangle par-dessus sa tête et sentit la courbe élégante du fourreau se placer entre ses omoplates. Sans s'occuper des autres, qui l'observaient en silence, il empocha l'huile et le chiffon et referma la mallette.

– Je serai de retour avant la nuit, annonça-t-il.

Caleb se redressa de toute sa hauteur.

– Heu, Yoshi, c'est ça? Où est-ce que tu t'imagines pouvoir partir comme ça?

– Chercher de l'eau. Je vous laisse vous occuper de la cabane et des bombes d'insecticide.

Il y eut un silence, le temps qu'ils saisissent la signification de ce qu'il venait de dire. L'eau n'était pas simplement une question de confort. Il en allait de leur survie.

– Il y avait des bouteilles à bord de l'avion, dit Javi.

– C'est vrai, acquiesça Yoshi, et on va en avoir besoin. Mais s'il n'y a rien pour les remplir quand on les aura vidées, on ne fera pas long feu. Vous le savez comme moi, n'est-ce pas?

Personne ne répondit. Yoshi écarta les bras et engloba d'un geste les arbres, la forêt vierge et le ciel blanc.

– Il s'est passé quelque chose de très étrange. Nous sommes dans un endroit inconnu. Ceci n'est pas le Canada, ni l'Alaska, ni le Japon. Nous n'avons aucune idée du temps que mettront les secours pour arriver. La première chose à trouver si nous voulons nous en sortir, c'est de l'eau.

Oliver laissa échapper un petit gémissement terrifié, et Molly lui prit la main. Les autres le regardaient en silence. Même Caleb ne trouvait rien à redire.

Yoshi leur montra sa radio.

– J'emporte ça. Dès que vous aurez trouvé un deuxième kit de survie, on pourra communiquer.

Il se tourna vers les deux sœurs et leur dit en japonais :

– Je serai bientôt de retour. Tout ira bien.

Akiko lui adressa un petit hochement de tête nerveux.

– Sois prudent, Yoshi. C'est dangereux.

Il lui sourit et leva la main droite au-dessus de sa tête, pour prendre la poignée du katana, qu'il tira pour exposer quelques centimètres d'acier. La lame luisante était aiguisée comme un rasoir.

– Je m'en sortirai.

8

Anna

– Lampe torche, piles, barres de céréales, couteau, radio, allumettes et allume-feu. Sifflet, fusées de détresse, miroir de signalisation, comprimés purificateurs d'eau, gourde, boussole, trousse de premiers secours. Tout est là.

Assise sur le sol, Anna rangea la liste dans le kit de survie et se redressa. Elle avait organisé en piles tout ce qu'ils avaient récupéré dans l'avion et elle se sentait un peu mieux. Comme s'il y avait une solution à chaque problème.

Comme si tout ce qui leur était arrivé avait un sens et que M. Keating ne venait pas de disparaître soudainement, en même temps que cinq cents autres personnes.

Les deux Japonaises étaient assises devant elle. Kira – celle qui avait une mèche blanche – s'employait à dessiner tout ce qu'elle voyait. Le grattement de son crayon était audible malgré les bourdonnements des insectes. Akiko paraissait encore sous le choc. Sa sœur lui murmurait des phrases en japonais, et parfois dans un langage qui ressemblait à du français, mais elle ne répondait pas.

Anna prit le couteau de survie. Il avait une lame en dents de scie d'un côté. Pour couper du bois ou vider des poissons ?

– Couteau, dit-elle.

Absorbée par son œuvre, Kira ne releva pas les yeux. Elle était en train de reproduire le logo de la compagnie Aero Horizon dessiné sur le couvercle du kit de survie. Akiko la regarda timidement.

– *Kutô*, dit-elle doucement.

– Miroir, poursuivit Anna en le lui montrant.

– *Mirâ*, répéta Akiko.

Anna hocha la tête en l'encourageant d'un sourire. Le miroir ne servirait probablement à rien. Jamais les pilotes d'un avion de passage ne pourraient repérer le bref éclat d'un réflecteur aussi minuscule à travers l'épaisse chape de nuages blancs qui s'étendait au-dessus d'eux, impénétrable, informe et sans fin.

De toute manière, ils n'avaient pas entendu le plus petit vrombissement de moteur depuis le crash. Mais il y avait plus étrange : les boussoles ne fonctionnaient plus. Leurs aiguilles tournaient lentement, sans s'arrêter. Anna commençait vraiment à se demander s'ils n'avaient pas été catapultés sur une autre planète.

Elle avait déjà entendu parler de personnes enlevées par des extraterrestres, mais jamais d'un avion tout entier.

Sauf qu'il y avait aussi ces histoires d'avions qui disparaissaient sans laisser de traces…

Elle se força à repousser ces idées noires, et l'ennui revint, anesthésiant.

Quels mots fallait-il apprendre aux deux Japonaises ? Quels étaient les objets essentiels ? Les dangers étaient tellement divers : la déshydratation, la maladie, les blessures, la faim...

– Barre de céréales, dit-elle en la lui montrant.

– *Séléalu*, répéta Akiko.

– C'est presque ça, rétorqua Anna d'un air encourageant.

S'ils restaient coincés dans cette jungle assez longtemps pour que les deux filles apprennent à parler couramment leur langue, cela voudrait dire qu'ils seraient dans le pétrin jusqu'au cou.

Akiko prit la radio.

– Radio, dit Anna.

Akiko répéta le mot, puis alluma l'objet et prononça le nom de Yoshi. Tout le monde écouta en silence.

Seul un grésillement lui répondit.

– Il n'est sûrement pas mort, murmura Anna. Il est trop loin, c'est tout.

– Et dix-neuf de plus ! lança Javi du haut de l'aile sur laquelle il se tenait debout avec des bouteilles dans les bras.

Il sauta sur le toboggan et se laissa glisser jusqu'en bas.

Il les ajouta à la pile, et Anna annonça le nombre à voix haute.

– Quatre-vingt-une. Dix par personne, plus une. Assez pour deux jours. Peut-être trois.

– C'est plutôt court, commenta Javi.

– Oui, confirma Anna. Tu connais la règle en matière de survie, bien sûr ? Deux minutes sans oxygène, deux jours sans eau, deux semaines sans nourriture.

– Tu recommences, lança Javi.

Anna fit la grimace. Molly et Javi lui répétaient souvent qu'elle s'exprimait de façon trop brutale, particulièrement lorsqu'elle s'adressait à des personnes qui ne connaissaient rien à l'ingénierie.

– Ça va, il n'y a personne d'autre que toi, protesta-t-elle. Les filles ne parlent pas notre langue.

– Oui, mais je flippe, moi aussi ! rétorqua-t-il avec un frisson. Notre avion vient de s'écraser !

– Je suis au courant, merci.

– Ah oui ? Eh bien, ça doit faire partie de la liste des choses qui font que je ne suis pas un ingénieur ! Là, maintenant, je suis juste une personne normale, et qui flippe !

– D'accord. Mais tout de même, savoir qu'il ne nous reste que deux jours avant de mourir de déshydratation est une information importante.

– C'est vrai, soupira Javi, mais nous n'allons pas mourir. Les secours vont arriver, ou bien il va pleuvoir, ou alors Yoshi va trouver de l'eau. On peut peut-être espérer quelque chose de positif.

En entendant sa voix trembler légèrement sur la fin de sa phrase, Anna lui adressa un sourire rassurant.

Partir à la recherche d'une source était une excellente initiative, même si Yoshi avait fait une sortie un peu trop théâtrale à son goût. D'autant que s'en aller avec seulement une gourde vide, sans nourriture ni lampe de poche ne lui semblait pas très malin.

Mais, au moins, il n'avait pas eu peur d'agir.

Et il fallait reconnaître qu'il avait une allure assez impressionnante, avec son épée dans le dos.

Anna espérait sincèrement qu'il s'en sortirait.

– Je peux voir ce couteau ? demanda Javi.

Anna le lui tendit.

– Ne le perds pas. Il n'y en a qu'un par kit.

Ils avaient trouvé trois kits de survie. À en croire le manuel destiné à l'équipage qu'avait découvert Oliver, il y en avait eu un quatrième dans la queue de l'avion. Elle avait été arrachée, mais elle devait être quelque part dans les parages...

À moins que cette jungle ne soit du genre à absorber les objets ?

Anna se souvenait des passagers qu'elle avait vus se faire emporter par les bourrasques. Et de la disparition soudaine de M. Keating, qui était assis juste à sa droite.

Elle s'obligea fermement à ne pas y penser. *Concentre-toi sur ce qui est devant toi.*

– Ça en fait un pour chacun de nous, commenta Javi en fendant l'air d'un geste large. Caleb ne m'inspire pas assez confiance pour qu'on lui passe un couteau, et Yoshi n'en a pas besoin. Il a trop la classe avec son sabre de ninja.

Anna se tourna vers la jungle. Le soir approchait et les bourdonnements des insectes se faisaient plus insistants. Le sabre de Yoshi était peut-être très cool, mais ça ne l'empêcherait pas de se perdre.

– Tu as trouvé de la nourriture ? interrogea-t-elle.

– Des noix et des fruits, et un peu de fromage. Les plateaux-repas étaient encore congelés, mais avec cette chaleur ils sont en train de se transformer en bouillasse.

– Dégoûtant ! commenta-t-elle. En plus, on risque de s'intoxiquer avec.

– J'ai failli vomir. Molly et Oliver sont toujours là-haut, à l'avant ?

– Non, ils ont fini. Ils sont dans la soute. Oliver n'arrête pas de répéter qu'il ne devrait pas être là, répondit Anna avec une grimace.

– Oh, trop dur. Sa mère ne voulait pas qu'il parte pour le Japon avec nous, tu sais bien. C'est Molly qui l'a convaincue de le laisser nous accompagner.

– Oui, mais c'est Oliver qui a insisté pour que Molly parle à sa mère, rectifia Anna. C'est lui qui voulait venir.

– Ouais, soupira Javi. On dirait qu'il a changé d'avis depuis, pour une raison que je ne m'explique pas. Tu sais s'ils ont déniché quelque chose d'utile dans l'avion ? Comme plusieurs centaines de kilomètres de câbles, par exemple ?

Anna lui montra leurs trouvailles : des sacs à dos, des couvertures, des sacs plastique, du savon et du shampoing récupérés dans la trousse de toilette d'un inconnu, et une poignée de téléphones. Ils n'avaient pas de réseau, mais ils pourraient au moins s'en servir comme lampes de poche. Ils avaient également sauvé deux des Killbots, que Molly avait sortis de la soute en premier.

– Des robots qui jouent au football. Super utile, commenta Javi.

Il tendit un des couteaux à Anna, mais Kira l'intercepta au passage.

– *Kutô*, dit-elle sur un ton grave.

Elle le posa solennellement sur le sol devant elle et commença à le dessiner. Elle avait terminé son logo d'Aero Horizon. Anna remarqua que sa copie était presque parfaite.

Javi montra la forêt du doigt.

– Allez, épate-moi avec ta biologie. Tu crois qu'il y a des choses qui se mangent dans le coin ?

– Évidemment, rétorqua Anna. Mais le problème, c'est que nous aussi, nous sommes des choses qui se mangent.

Il jeta un regard à Kira, penchée sur le couteau.

– On peut se protéger.

– La nature est pleine de choses qui ne craignent pas les couteaux, répliqua Anna. Des plantes vénéneuses. Des insectes qui vous sucent le sang. Des parasites qui vous dévorent de l'intérieur.

Javi poussa un gros soupir.

– Tu es tellement douée pour rassurer les gens, Anna. Et juste au cas où : cette remarque était *super* sarcastique.

Elle avait compris, et même si parfois l'ironie de Javi la faisait rire, cette fois ce n'était pas le cas. Elle était encore sous le choc de l'accident. Trop de choses lui semblaient irréelles. La disparition de tous ces passagers, par exemple. Cette jungle vraiment bizarre, où même les chants des oiseaux sonnaient faux.

Les oiseaux. Bien sûr. Ils étaient probablement comestibles. Mais comment les capturer ?

Il y eut un bruit métallique du côté du tas posé près des bouteilles d'eau. Akiko fouillait dedans, en examinant chaque objet avec attention.

– Qu'est-ce que c'est que ce bric-à-brac ? demanda Javi.

– Des choses qu'elles ont trouvées dans les débris, derrière l'avion, répondit Anna avec un haussement d'épaules.

Akiko leva un objet, qu'elle leur montra avec un air interrogateur. Il s'agissait de lanières de caoutchouc noir, entrelacées.

Anna l'examina. Ça ressemblait aux sangles utilisées pour retenir les caisses et les empêcher de glisser dans la soute.

– Un filet à bagages ?

Akiko répéta d'une voix hésitante, puis leur apporta autre chose.

Anna prit l'objet pour mieux l'étudier.

– Heu... Je ne sais pas.

C'était une sorte d'anneau, semblable à un très gros beignet, trop grand et lourd pour être un bracelet, avec une série de symboles gravés sur l'extérieur et d'autres à l'intérieur. Anna n'en reconnut aucun.

Une pièce de l'avion ? Une antenne ? Un transmetteur ?

Ça, ce serait vraiment utile.

Anna le retourna, à la recherche d'un bouton ou d'un interrupteur. Rien.

– Juste un jouet, sûrement, dit Javi.

Il faisait du trampoline sur le bas du toboggan gonflable, qui couinait à chacun de ses rebonds.

– Sans doute, répliqua Anna.

Elle le regarda sauter.

– Tu sais que Molly te tuera si tu le crèves, hein ?

– Je suis en train de tester sa résistance, riposta Javi. Et c'est pas comme si on avait besoin d'un radeau de sauvetage, de toute manière.

– On pourrait l'utiliser pour collecter de l'eau de pluie.

Anna se pencha sur l'objet non identifié. Il y avait une rainure à l'intérieur de l'anneau. Si elle réussissait à l'ouvrir, elle pourrait peut-être deviner à quoi il servait.

Elle essaya de le dévisser, mais l'engin refusa de céder. En revanche, les symboles extérieurs pouvaient pivoter dans le sens des aiguilles d'une montre et s'aligner avec ceux de l'intérieur.

– Hmm, dit-elle enfin. On dirait un genre de cryptographe. Tu sais, ces jouets avec lesquels les enfants s'amusent à fabriquer des codes secrets.

Javi se mit à rire.

– Indispensable ! On en trouve dans tous les kits de survie dans la jungle !

– À moins qu'il n'y ait une sorte de batterie et qu'on puisse...

Elle s'interrompit. Deux symboles alignés – un sur l'extérieur et un à l'intérieur – avaient brièvement clignoté.

– Alors ça, c'est drôle, lança-t-elle.

– Drôle comme rigolo ou drôle comme étrange ? demanda Javi sans cesser de rebondir.

Elle appuya sur les symboles, qui se mirent à briller. L'appareil vibra.

– Drôle comme... un peu effrayant ?

– Donc pas drôle, en fait.

– Ah, si ! Maintenant si, souffla Anna.

Elle se sentait toute légère, comme prise de vertige. Et il y avait autre chose.

Le poids de l'anneau avait changé.

Alors que, la seconde précédente, elle avait entre les mains un lourd objet de métal, il ne pesait soudainement plus rien. Comme s'il était fait de plastique creux.

– Oh, ça, c'est bizarre, balbutia Javi.

– Quoi donc ? demanda-t-elle en levant les yeux.

Javi ouvrit la bouche, mais aucun son n'en sortit. Il avait l'air à la fois très surpris et un peu malade. Il retomba sur le toboggan gonflable, mais beaucoup trop lentement.

Le saut suivant le fit s'envoler droit vers le ciel.

9

Javi

– Qu'est-ce qui... balbutia-t-il.

Il continuait à monter vers le ciel blanc, pourtant il ne ressentait aucun mouvement, aucune accélération. Il n'avait pas la sensation de voler. Il lui semblait plutôt que c'était le sol qui s'éloignait de lui. Comme si l'avion en miettes et la jungle n'étaient qu'un décor de cinéma qui s'estompait déjà sous ses pieds pour le laisser là, immobile, suspendu en plein air.

Il baissa la tête. Le visage levé vers lui, Anna et les deux Japonaises ouvraient des yeux ronds. L'anneau clignotait entre les mains d'Anna et l'atmosphère autour d'elle semblait agitée d'ondes concentriques.

C'était cet objet qui produisait cet effet, même s'ils ignoraient comment et pourquoi. Javi avait l'impression que ses intestins nageaient dans son ventre. Ses vêtements voletaient autour de lui. Tout flottait en apesanteur.

Allait-il s'arrêter à un moment ? Ou allait-il continuer éternellement à monter et disparaître dans le brouillard blanc ?

Non. Il commençait à décélérer, puis il retomba. Même s'il

avait l'impression que c'était au contraire la forêt qui s'élevait à sa rencontre, aussi lentement et majestueusement qu'un immense paquebot rentrant au port.

Là, en bas, Kira flottait également, à un mètre ou deux du sol. Son carnet de croquis et le couteau de survie tournaient autour d'elle, et le bas du toboggan se redressait lentement.

Les longs cheveux d'Anna ondoyaient dans l'air tout autour de sa tête, comme une couronne. C'était comme si la pesanteur n'existait plus, ou, du moins, comme si elle avait énormément diminué.

Ce qui signifiait que, lorsqu'il toucherait le toboggan, il rebondirait immédiatement. Mauvaise idée.

Javi regarda le sol se rapprocher et se prépara à plier les genoux. Il allait faire comme sur un trampoline : se servir de ses jambes et de son corps pour absorber l'énergie du mouvement.

Et puis, quelques secondes avant de toucher le toboggan, une idée complètement différente lui vint. Une idée folle. Irrationnelle.

Et s'il essayait de monter plus haut ?

Son premier bond l'avait presque propulsé jusqu'à la cime des arbres resserrés autour de la carcasse de l'avion, qui les empêchaient d'apercevoir le reste de la jungle et ce qui pouvait se trouver au-delà. Il tenait là une occasion unique de découvrir leur environnement, en volant comme un oiseau.

Il voulait absolument comprendre ce qui leur était arrivé.

Lorsque ses pieds touchèrent le sol, il fléchit les jambes

autant qu'il le put et s'élança droit vers le ciel en poussant de toutes ses forces.

– Mais qu'est-ce que tu fais ? cria Anna.

– Je vais voir !

Javi monta, monta, et finit par atteindre les plus hautes branches et les dépasser. Très loin en dessous, l'épave de l'avion s'étalait en travers de la jungle. Il apercevait son échine ouverte en deux, comme lacérée par une griffe géante, et l'aile, de l'autre côté, brisée en deux.

Il suivit du regard la tranchée creusée par leur atterrissage en catastrophe. Les premiers signes du crash étaient décelables à des kilomètres, là où le ventre de l'avion avait décapité les premiers arbres. Plus près, Javi aperçut les troncs pliés par son passage en force, puis les débris de ceux qu'il avait réduits en petit bois lorsqu'il avait enfin touché le sol et terminé sa glissade.

Cette jungle était terriblement épaisse. En coupant à travers, leur appareil aurait dû être désintégré. Tout comme il aurait dû tomber du ciel en tournoyant sur lui-même au lieu de planer en ligne droite.

Quelque chose les avait protégés.

Javi regarda autour de lui. Le brouillard bouchait l'horizon, et il ne voyait rien d'autre que la jungle à perte de vue.

Il y avait aussi un grondement sourd. Il l'avait sentie, alors qu'il était encore en bas : une vibration dans le sol, basse et persistante, qui semblait provenir de partout à la fois. De l'altitude à laquelle il se trouvait, il put en identifier la provenance : à une certaine distance, sur la gauche de l'épave.

Cela ressemblait au bruit d'une cascade. Ce qui signifiait qu'il devait y avoir de l'eau quelque part dans les environs.

Il commençait à redescendre quand une idée soudaine lui donna des sueurs froides : si la pesanteur se rétablissait brutalement, là, maintenant, le toboggan ne suffirait pas à amortir sa chute ; il se casserait les jambes et ses entrailles seraient changées en gelée tremblotante.

Pourquoi j'ai sauté aussi haut ?
– Pas de panique, pas de panique, se murmura-t-il.

Il observa une dernière fois le paysage, histoire de tirer parti au maximum de son escapade en plein ciel.

Très loin vers l'horizon, partiellement masqué par le rideau des arbres, il aperçut un reflet brillant sur une surface plate. Ce qui était sûr, c'était qu'il se situait dans la direction vers laquelle pointait le nez de l'avion.

Un instant plus tard, il était trop bas pour voir autre chose que des branches... et des oiseaux.

Une nuée d'oiseaux qui se précipitaient dans sa direction en frôlant la cime des arbres et en criaillant comme une horde de démons. Ils étaient petits, d'un vert éclatant, et regroupés en un vol si compact qu'ils semblaient serpenter entre les branches. Leurs longs becs acérés luisaient au soleil.

Et ils lui fonçaient dessus.

Il se dit qu'il valait mieux leur faire peur.

– *Pschtt !* cria-t-il en agitant les bras.

Cela ne leur fit aucun effet. Il eut à peine le temps de se

couvrir le visage avant qu'ils se ruent sur lui, puis le dépassent dans une tempête de plumes et de piaillements.

— Ahhh !

Ils lui avaient laissé des dizaines de coupures et de piqûres sur tout le corps. Mais pourquoi ces bestioles l'attaquaient-elles ?

Les battements d'ailes s'éloignèrent et Javi rouvrit prudemment les yeux. Sa chemise était en lambeaux, maculée de taches rouges. Il avait les mains en sang. Heureusement qu'il avait eu le réflexe de se couvrir le visage.

Il descendait toujours, mais pas assez vite. La nuée avait viré et revenait vers lui.

— Au secours ! hurla-t-il.

En bas, Anna observait les oiseaux avec horreur. Elle attrapa l'un des débris de métal qui flottaient non loin d'elle — la porte d'une issue de secours. Avant que la gravitation ne devienne une option, elle avait dû peser une trentaine de kilos, mais Anna la souleva et la lui lança comme s'il s'agissait d'un plateau de cantine.

Qu'était-il supposé en faire ? S'en servir comme d'un bouclier ?

Les oiseaux se rapprochaient. Au-dessous, il entendit Anna crier :

— Troisième loi de Newton !

Javi essaya de réfléchir. Une action engendrait toujours une réaction équivalente : la poussée exercée sur un corps entraînait une poussée égale, mais dirigée dans le sens contraire. Si on sautait en avant depuis une planche de skate-board, par exemple, la planche filait en arrière...

Il comprit, juste à temps. Il rattrapa la porte au moment où elle passait à sa hauteur, ce qui le fit tournoyer sur lui-même, et la projeta aussi fort qu'il le put vers le ciel.

Ce qui le précipita vers le sol.

La nuée était presque sur lui, mais la plupart des volatiles le manquèrent et filèrent au-dessus de sa tête. L'un d'eux s'écrasa quand même contre la porte, à la grande satisfaction de Javi, et une poignée de plumes se répandit dans l'air.

Ses agresseurs faisaient déjà demi-tour.

Cependant, il descendait beaucoup plus vite, grâce à l'énergie fournie par la porte.

En bas, Kira avait planté le couteau de survie dans le sol et s'y accrochait d'une main, tout en retenant Akiko de l'autre.

En atterrissant sur le toboggan, Javi s'imagina rebondissant vers le ciel et se faisant déchiqueter, mais Anna manipula son appareil...

La pesanteur se rétablit d'un coup, et Javi s'écrasa sur la rampe de secours gonflable, avec l'impression d'avoir reçu un coup de poing à l'estomac. Les bouteilles d'eau, les kits de survie et l'amas de débris retombèrent à grand fracas, en même temps que Kira et Akiko, qui poussèrent toutes les deux un petit grognement de douleur.

– Ils arrivent ! cria Anna. Sous le toboggan, vite !

Les deux filles se précipitaient déjà à l'abri. Javi essaya d'en faire autant, malgré ses bras et ses jambes flageolants. Il roula au sol à l'instant où les oiseaux passaient au-dessus de lui en poussant des piaillements aigres...

Et filaient vers le ciel.

Il les regarda disparaître parmi les feuillages.

– Javi ! hurla Anna. Viens ici ! Vite !

– Mais ils sont... commença-t-il en secouant la tête.

– La porte ! cria-t-elle.

Javi fit un bond en entendant un énorme *boum* dans son dos.

Il se retourna. La porte de l'issue de secours venait de s'écraser à un mètre cinquante de lui à peine, au fond d'un trou creusé par la violence de l'impact. Anna ressortit de son abri, les yeux braqués sur le cratère.

– Waouh ! s'exclama-t-elle. Je l'avais complètement oubliée quand j'ai ramené la pesanteur à la normale. Tu n'as rien ?

Javi baissa la tête. Il était couvert de coupures, mais les becs acérés des oiseaux n'avaient heureusement atteint aucun point vital. *Un coup de chance*, se dit-il. Et il avait également eu énormément de chance que la porte ne lui retombe pas dessus.

Cependant, ce qui le faisait trembler de la tête aux pieds n'était pas l'idée d'avoir manqué de se faire réduire en bouillie. Ce qui lui donnait la chair de poule, c'était la phrase qu'Anna venait de prononcer sur un ton si naturel.

Quand j'ai ramené la pesanteur à la normale.

Que venait-elle de découvrir ?

10

Molly

– Il faut partir à la recherche de Yoshi, dit Molly. Cette jungle n'est pas sûre.

Caleb croisa les bras.

– Mauvaise idée.

– Regarde ce que les oiseaux lui ont fait ! insista-t-elle, le doigt pointé sur Javi.

Les pansements qui parsemaient son torse étaient visibles sous sa chemise en lambeaux.

– Yoshi ne sait pas que ces bestioles sont dangereuses. Il est parti depuis des heures. Ce qui veut dire qu'il doit être à des kilomètres d'ici, et sûrement perdu !

– C'est trop risqué, s'obstina Caleb. On pourrait se perdre aussi !

– On va trouver un moyen.

Molly cherchait désespérément une solution. Les boussoles étaient déréglées et l'épaisse couverture de nuages ne permettait pas de se diriger grâce au soleil. Ils n'avaient même pas la possibilité de savoir si la nuit tomberait bientôt ou pas, mais elle n'osa pas le faire remarquer à Caleb.

– On pourrait semer des miettes de pain sur notre chemin, par exemple, suggéra-t-elle.

– Du pain ? répéta Oliver. J'aimerais mieux le manger.

– C'était une métaphore, dit Molly. Ou alors on pourrait construire quelque chose d'assez haut pour dépasser la cime des arbres, et voir au loin.

Les toboggans gonflables auraient été parfaits, empilés l'un sur l'autre, mais l'un des deux se ramollissait à vue d'œil. Il avait été percé par les débris lorsqu'ils étaient brusquement retombés et pendait misérablement de l'aile comme une vieille poupée de chiffons.

Tout allait de travers.

Y compris les lois de la gravitation universelle !

En entendant des cris, Molly et Oliver étaient ressortis par l'issue de secours avant, juste à temps pour découvrir un étonnant spectacle : Javi, suspendu entre ciel et terre, se faisant attaquer par une volée d'oiseaux en furie, tandis que Kira et Akiko flottaient à une cinquantaine de centimètres du sol, tout comme les bouteilles d'eau, les kits de survie et tous les objets qui n'étaient pas fermement arrimés. Et Anna, avec un drôle d'anneau dans les mains, et l'atmosphère qui palpitait et ondoyait autour d'elle.

Elle n'avait pas lâché son bien. Elle s'y accrochait même, comme s'il s'agissait du ticket gagnant de la loterie. Debout à côté d'elle, Kira copiait les symboles gravés dessus sur son carnet de croquis.

– Je ne sais pas ce que vous avez bricolé pendant que j'avais le dos tourné, les mômes, mais vous avez vraiment mis une de ces pagailles ! s'écria Caleb en embrassant d'un geste les objets répandus sur le sol, Javi et ses blessures et le toboggan tout flasque pendu au rebord de l'aile.

– Ce qu'on a bricolé, comme tu dis, c'est qu'on a changé les lois de la gravitation ! Et tout ce qui t'inquiète, c'est qu'on ait mis un peu de désordre ? s'indigna Javi.

Caleb lui adressa le même regard sarcastique que lorsqu'ils avaient commencé à essayer de lui expliquer ce qui était arrivé.

– Mais bien sûr. Vous avez trouvé un jouet qui vous permet de voler.

– Pas de voler. De sauter, répliqua Javi. Il diminue l'attraction terrestre.

– Sauf qu'il ne fonctionne plus, ricana Caleb. Comme par hasard !

Anna haussa les épaules et lui tendit l'appareil. Caleb examina les symboles, poussa un soupir excédé et le lui rendit d'un geste brusque, sans remarquer le sursaut apeuré d'Akiko et de Kira.

Molly ne pouvait s'empêcher de songer que cette panne tombait un peu trop bien. Elle se demanda ce que pouvait mijoter Anna.

– Peu importe ce qui s'est passé, reprit Caleb. Il est hors de question que je vous autorise à partir au hasard dans la jungle.

Molly se mit à rire.

– Que tu nous *autorises* ?

Caleb se redressa de toute sa hauteur.

– Tu m'as bien entendu.

– Qui est mort en te désignant comme chef de patrouille ? riposta Molly.

Il la toisa d'un air arrogant, avec un aplomb absolu.

– À peu près cinq cents personnes.

Cette affirmation fit à Molly l'effet d'un coup de poing dans le ventre. Par réflexe, elle se tourna vers Oliver et l'étreignit d'un bras protecteur.

Jusqu'à cet instant précis, personne n'avait osé prononcer les paroles fatidiques : ils étaient les seuls survivants. M. Keating, les membres d'équipage, les autres passagers, les occupants des innombrables rangées de sièges de l'avion avaient tous disparu sans laisser de traces. Éjectés quelque part au-dessus de cette jungle.

Personne ne dit plus rien durant un long moment. Kira s'était arrêtée de dessiner, comme si elle avait perçu le sérieux de la discussion. Oliver fut le premier à rompre le silence.

– Alors c'est vrai, hein ? Ils sont tous morts ?

Molly le serra contre elle.

– On ne sait pas vraiment ce qui s'est passé, Oliver. On n'y comprend rien.

Il s'écarta, les poings crispés.

– Anna a dit qu'elle les avait vus être projetés hors de l'avion.

Molly adressa un regard féroce à Anna, en espérant qu'elle ne mentionnerait pas l'étrange tempête d'éclairs. Si Oliver commençait à s'affoler, tous les autres risquaient d'en faire autant.

Javi prit la parole.

– Pour le moment, l'important, c'est de retrouver Yoshi.

– Tu as raison, approuva Molly avec gratitude. On essaiera de comprendre plus tard.

Oliver avait l'air d'avoir encore des choses à dire, mais il se contenta de secouer la tête et de détourner le regard. Un silence pesant s'installa.

Heureusement, Caleb se sentait toujours d'humeur combative et il le rompit.

– On ne trouvera jamais rien dans cette forêt vierge. Inutile d'essayer.

– D'accord, capitaine, ironisa Molly. Alors quel est ton plan pour aider Yoshi ?

– Peut-être qu'on pourrait faire du bruit ? proposa-t-il. Assez fort pour porter à des kilomètres. Ça lui donnerait un point de repère.

Molly réfléchit. Cette idée n'était pas totalement idiote.

– Mais s'il était assez près pour l'entendre, tu ne crois pas qu'on pourrait le joindre par radio ?

– Elle est peut-être en panne.

– Il y avait des sirènes d'alarme plein l'avion, dit Javi. Souvenez-vous comme elles hurlaient quand il est tombé. Il faut juste du courant pour les faire fonctionner.

Oliver s'essuya le nez d'un revers de manche.

– On a des tonnes de piles pour les lampes de poche.

– On va y réfléchir, dit Anna. Et sans mettre de pagaille,

Caleb, c'est promis. Pendant ce temps, tu pourrais peut-être patrouiller un peu dans les environs ? Au cas où Yoshi serait tout près, mais blessé.

Après les avoir longuement dévisagés d'un œil méfiant, comme s'il les soupçonnait de préparer un mauvais coup, Caleb se laissa finalement convaincre. Il prit un couteau et une lampe, puis disparut entre les arbres.

Kira retourna à son dessin, tandis qu'Akiko, qui avait trouvé une flûte dans les bagages ouverts, se mit à jouer un air très doux, lent et triste.

Molly se tourna vers Javi, Anna et Oliver.

– Bon. Alors les amis, c'est quoi, le vrai plan ?

D'un coup d'œil, Javi s'assura que Caleb n'était plus là.

– Quand j'étais là-haut, j'ai entendu une cascade, vers la gauche de l'avion.

– Yoshi était parti chercher de l'eau, reprit Anna. S'il l'a entendue, lui aussi, il finira par se diriger de ce côté.

– Mais il doit être à des kilomètres, à l'heure qu'il est, observa Molly avec scepticisme. Et Caleb n'a pas tort : si sa radio est en panne, on ne le retrouvera jamais. On y voit à peine à quelques mètres dans cette jungle !

– Au niveau du sol, c'est vrai, acquiesça Anna en levant le mystérieux anneau. Mais depuis la cime des arbres ?

– Pourquoi tu as fait croire à Caleb qu'il était cassé ? lança Molly en la fixant d'un œil accusateur.

– Ouais, renchérit Javi. J'ai l'air d'un menteur, maintenant.

– Il y a des situations où mentir n'est pas interdit. Comme lorsqu'on se retient de dire à quelqu'un que sa coupe de cheveux est horrible. Ou pour éviter qu'une technologie dangereuse tombe dans de mauvaises mains. (Anna leva l'anneau.) Caleb est incapable de comprendre cette merveille. La gravitation est une loi de la nature, l'une des quatre forces fondamentales qui régissent l'Univers, et ce bidule l'annule comme un interrupteur !

– Et alors ? riposta Molly. Si tu lui montrais comment ça marche, il serait bien obligé d'y croire.

– Tu as bien vu qu'il s'imagine que c'est lui qui commande. Qu'est-ce qui l'empêchera de me le prendre ?

Molly soupira longuement. Caleb était grand et athlétique, et elle le pensait capable de recourir à la force. Le laisser s'emparer d'une machine aussi extraordinaire, et, potentiellement, aussi dangereuse, n'était sans doute pas une excellente idée.

– Comment ça fait, interrogea Oliver, quand il n'y a plus de pesanteur ?

– Attends, répondit Anna.

Elle fit pivoter l'anneau extérieur, tout en appuyant sur deux des étranges symboles répartis sur le pourtour, qui se mirent à scintiller. Une onde de chaleur se répandit dans l'atmosphère, et Molly eut l'impression de sentir son estomac se soulever, un peu comme dans un ascenseur en descente rapide.

– Oooh, murmura-t-elle.

Javi souriait largement, les deux Japonaises se tenaient les mains, et Oliver semblait sur le point de vomir.

Tout à coup, il se passa quelque chose de très bizarre. Un coup de vent agita les branches et les souleva tous les six, puis les déplaça sur le côté, comme des feuilles emportées par un courant d'air.

Anna fit à nouveau pivoter l'anneau et ils retombèrent sur terre en trébuchant lourdement.

– OK, fit Molly. C'était juste... waouh ! J'ai vraiment eu l'impression de ne rien peser du tout.

– Presque rien, corrigea Anna en lui indiquant la porte de secours plaquée sur le sol. Quand j'ai rétabli la gravité, elle a mis à peu près six secondes à retomber. Oliver, tu nous calcules ça ?

Oliver leva les yeux au ciel, l'air concentré.

– Alors... Un objet en chute libre accélère à une vitesse constante d'environ neuf mètres quatre-vingts par seconde au carré. Dans des conditions terrestres normales, évidemment. Six fois neuf mètres quatre-vingts, ça fait presque soixante. Donc sa vélocité quand elle a touché le sol devait approcher soixante mètres à la seconde. Si on part du principe que la porte était immobile au début de sa chute, ça signifie que tu l'as lancée à... deux cents mètres de haut ?

Tout le monde le regarda, bouche bée ; même Anna parut surprise.

Molly avait vu tomber la porte et elle avait surtout entendu le fracas. Le panneau de métal s'était écrasé à une vitesse largement suffisante pour aplatir un humain comme une mouche. Un rappel, s'il en fallait un, que leur situation était vraiment sérieuse, et dangereuse.

– Qui a fabriqué ce truc, à votre avis ? interrogea Javi. Et pourquoi était-il à bord de notre avion ?

– Vous croyez que c'est ça qui pourrait avoir provoqué l'accident ? lança Oliver. Un avion, c'est fait pour voler dans des conditions de gravitation normale. Dérégler les lois de la physique pourrait gravement perturber son aérodynamisme.

L'esprit de Molly était en ébullition. Enfin ils découvraient un indice concret sur ce qui s'était passé. Mais un instrument capable d'influencer l'attraction universelle ? C'était un peu difficile à avaler.

– Peut-être qu'il y en avait plus d'un dans la soute, suggéra-t-elle. Peut-être que celui-ci s'est détraqué.

– Ça n'explique pas pourquoi l'avion a été éventré sur toute sa longueur, lui rappela Anna. Ça, ce n'était pas une bizarrerie gravitationnelle. C'était intentionnel.

– Comme l'intervention d'un esprit maléfique, souffla Oliver à voix basse.

Molly sentit sa gorge se serrer. L'expression faisait peur à entendre, pourtant il semblait bien que quelque chose ou quelqu'un avait pris le contrôle de leur avion, sans penser une seconde à ceux qui mourraient par sa faute.

– Ça ne signifie pas que cette machine n'y est pour rien, dit Javi. Quand tu l'as activée, je n'ai vu que deux icônes s'allumer. Et les autres ? Qu'est-ce qu'elles font ?

Il leur indiquait les dessins de Kira. Ils se tournèrent tous vers l'anneau que tenait Anna. Cette dernière effleura les symboles du bout du doigt.

– Ce serait facile de le découvrir, je pense.

– Ah non! s'exclama Oliver avec un mouvement de recul.

– Du calme, dit Molly en posant un bras sur les épaules d'Anna. Ce n'est pas le moment de faire des expériences. Pour l'instant, le plus urgent, c'est de retrouver Yoshi.

– Tu as raison, soupira Anna. Mais on pourrait quand même l'utiliser pour voler, hein? Pour aller à cette cascade, par exemple?

– Bonne idée, approuva Molly. Oliver, tu restes là pour protéger les filles. Essaie de bricoler les alarmes, au cas où on se perdrait. Peut-être que Yoshi les entendra et qu'il pourra revenir tout seul.

– D'accord, répondit le garçon en fixant l'anneau d'un œil méfiant. Faites quand même gaffe aux oiseaux.

Javi passa le doigt dans l'une des déchirures de sa chemise.

– Pour ça, ne t'inquiète pas, on sera vigilants!

Molly hocha la tête. Elle avait encore dans la tête les assourdissantes criailleries des volatiles.

– On devrait prendre des fusées de détresse, au cas où ces bestioles auraient peur du feu. D'autres questions?

– Rien qu'une, dit Oliver en pointant l'appareil du doigt. À votre avis, qui a fabriqué ce truc?

Ils se tournèrent tous vers Molly, comme s'ils s'attendaient à ce qu'elle le sache.

Elle ne put que hausser les épaules. Elle avait le sentiment que, quelle que soit la réponse, ils n'étaient pas près de la découvrir.

11

Yoshi

Il y avait quelque chose qui n'allait pas, avec cette eau.

Yoshi fronça les sourcils. Elle était aussi glaciale que celle des sources auprès desquelles il s'était installé la dernière fois qu'il avait campé. Sauf qu'il se trouvait alors dans les montagnes d'Hokkaido, dont les rivières étaient alimentées par la fonte des neiges. Ici, dans cette forêt tropicale, l'atmosphère était si étouffante qu'il avait enlevé sa chemise des heures auparavant pour la nouer à sa taille.

Il leva le nez. La cascade prenait naissance quelque part dans les brumes, très haut, et ses eaux écumantes se déversaient en grondant sur un éperon rocheux, dans un nuage d'embruns et de gouttelettes.

Pourquoi était-elle si froide ? D'où venait-elle ?

Néanmoins, la question cruciale était surtout de savoir si elle était potable.

Il se remémorait les sermons de son père sur les techniques de survie. Une eau vive et courante contenait moins de microbes. Et si elle était glacée, c'était probablement un plus.

Le meilleur argument pour lui donner envie d'en boire était qu'il avait une soif terrible. Et de toute manière, si cette eau était mauvaise, ils étaient tous condamnés.

Yoshi s'agenouilla et plongea la main dans le courant.

Le froid lui fit mal aux dents, et l'eau avait un fort goût minéral et végétal, mais chaque gorgée était un soulagement. Il n'avait emporté qu'une gourde vide.

Nul besoin d'entendre la voix de son père résonner dans sa tête pour savoir que ce n'était pas très malin.

Il but longuement, puis, une fois sa soif apaisée, remplit sa bouteille et alluma sa radio.

– Allô ? Molly ? Vous me recevez ?

Il attendit. Seul un grésillement lui répondit.

Yoshi soupira et regarda sa boussole. L'aiguille tournait sans s'arrêter, lentement, comme elle l'avait fait tout l'après-midi. Et il ne pouvait toujours pas se diriger en se fiant au soleil, à cause des nuages blancs omniprésents. C'était presque comme si cette jungle avait été conçue pour rendre toute exploration impossible.

Il était en train de boire au goulot lorsqu'un bruit attira son attention. Il approcha la radio de son oreille. À travers les crachotements des parasites, il percevait une sorte de signal, alternant des bips et des tonalités plus longues, à peine audible par-dessus le mugissement de la chute d'eau.

Comme un genre de code.

Son regard tomba sur la boussole, dans sa main. L'aiguille ne tournait plus. Toute frémissante, elle pointait vers la cascade.

Il scruta les brumes en se demandant ce qui pouvait s'y cacher.

Un instant plus tard, le signal s'estompa, et l'aiguille de la boussole recommença à pivoter paresseusement.

Il appuya sur le bouton de transmission.

– Allô ?

Mais il eut beau tendre l'oreille, il n'entendit rien d'autre que le grésillement continu.

Il pressa le bouton encore une fois.

– Il y a quelqu'un ?

Rien.

Yoshi soupira. C'était peut-être son imagination qui lui jouait des tours. Il n'avait pas les idées très claires à cause du décalage horaire et du manque de sommeil. Un bain froid le réveillerait sans doute.

Inutile de retirer ses vêtements. Comme lui, ils avaient besoin d'un bon lavage.

Il escalada les rochers pour en trouver un sec, en surplomb de la partie la plus profonde du bassin. Là, il ôta ses chaussures et son katana, qu'il déposa sur la pierre.

Il lui fallut du temps pour rassembler son courage. Plus encore que l'appréhension de l'eau froide, c'était l'idée d'abandonner son sabre hors de sa portée qui lui déplaisait.

Durant les deux derniers kilomètres de marche, ou à peu près, il avait été constamment accompagné par un bruit de froissement de feuilles. Comme s'il était discrètement suivi par une créature rampante, dissimulée par la broussaille, qui se serait faufilée derrière lui dans un glissement à peine audible.

Ce n'étaient probablement que de petits animaux courant dans le sous-bois. Des rongeurs ou des serpents. Ou alors ces gros insectes bizarres qui ressemblaient à des mantes religieuses d'un vert éclatant, avec une tête de la taille d'une pomme de pin, qu'il avait vus se cramponner aux troncs des arbres.

Quelle que soit leur nature, ces créatures ne s'intéressaient probablement pas à lui. Et à présent que le rugissement de la cascade couvrait tous les autres sons de la jungle, ce souvenir semblait n'être qu'un produit de son imagination.

Yoshi plongea un orteil dans l'eau.

Mauvaise idée. Elle était si froide qu'il en eut la chair de poule. Il sentit sa volonté faiblir.

Outre le tonnerre de la cataracte, il croyait percevoir un autre son, plus vaste, immense et souverain, pareil au grondement lointain de l'océan.

Il essayait de gagner du temps, il s'en rendait bien compte. La voix de son père résonna dans son esprit.

Saute, ou admets que tu n'en es pas capable. Mais n'hésite pas comme un lâche.

Cela suffit à le motiver. Il se jeta dans le bassin.

Les eaux glacées se refermèrent sur lui comme le poing serré d'un géant. Tous les muscles de son corps se contractèrent spasmodiquement et il eut un hoquet. Sous l'eau, le rugissement de la cascade était cent fois plus assourdissant. Toutes ses pensées désertèrent son cerveau et il frissonna violemment. Puis il sentit le fond vaseux sous ses pieds et poussa vigoureusement pour remonter vers la surface.

Il réapparut en crachant et en haletant, cherchant sa respiration, et nagea droit vers le bord du bassin. Le souffle court, tremblant de tous ses membres, il se hissa sur la berge et s'étendit sur un matelas de lianes.

Il lui fallut un long moment pour se libérer de cette paralysie glacée, mais il finit par se redresser. Il dénoua sa chemise, qu'il portait toujours à la taille, et l'étala sur la pierre.

Il sourit, content de lui. Il avait trouvé de l'eau et, après plusieurs heures à transpirer et à marcher dans cette jungle, il se sentait enfin propre.

C'est à cet instant que le bruissement se fit à nouveau entendre.

Il était à peine perceptible sous le grondement de la cascade, mais Yoshi avait entrevu quelque chose du coin de l'œil, un mouvement parmi les lianes.

Il se crispa.

Pouvait-il s'agir d'un serpent ? Ou d'une bête venimeuse ?

Il jeta un regard vers l'endroit où il avait posé son katana. En trois pas, il y serait.

Il savait cependant qu'aucun sabre ne pouvait frapper plus rapidement qu'une vipère. Le mieux était de demeurer absolument immobile.

Il y eut un nouveau froissement. Plus près.

Il avait la peau glacée, mais il sentit un filet de sueur lui dégouliner le long du dos.

Tout à coup, le bruit fut partout autour de lui. C'était

comme si une armée de rats avaient surgi de leurs abris, mais Yoshi avait beau chercher du regard, il ne voyait rien à travers l'enchevêtrement des lierres rouge sang.

Qu'est-ce qui s'agitait, là, sous ses pieds ?

Son cœur tambourinait à toute vitesse. Il tourna les yeux vers son sabre. De ce côté, la roche était nue. Aucune liane ne pouvait lui dissimuler le grouillement de petites créatures.

Fallait-il sauter dans le bassin ?

À la pensée du froid glacial se refermant sur lui, il ne put réprimer un tremblement. D'un coup, le bruissement s'interrompit.

Yoshi ressentit une tension dans l'atmosphère. C'était comme si quelque chose attendait qu'il fasse le premier mouvement.

Il ne pouvait pas rester immobile éternellement. Il entendit à nouveau la voix de son père…

N'hésite pas comme un lâche.

Animé d'une détermination nouvelle, Yoshi bondit et courut vers la roche. Ses pieds nus s'enfonçaient dans le tapis de lianes.

À l'instant où il se jetait sur son katana, il se sentit trébucher. Emporté par son élan, il tomba en avant. Par réflexe, il tendit les mains et réussit à amortir sa chute, mais il s'écorcha les paumes sur la pierre dure et une douleur cuisante lui traversa les poignets.

Il avait un pied coincé. Il essaya de se dégager, mais quelque chose le retenait par la cheville et cherchait à l'entraîner loin de son sabre…

Yoshi tendit le bras et ses doigts se refermèrent de justesse sur le pommeau du katana. D'un mouvement sec du poignet, il le libéra de son fourreau, qui s'envola. L'acier de la lame étincela.

Yoshi se retourna vivement pour faire face à son assaillant.

12

Anna

Voler, c'était génial !

La jungle défilait sous elle, pullulante d'oiseaux piailleurs et d'insectes bourdonnants. Molly, Javi et elle flottaient au-dessus des frondaisons comme des ballons, en frôlant la cime des arbres du bout des pieds.

Enfin, techniquement, ça ne s'appelait pas vraiment voler, se corrigea-t-elle. Ils ne parvenaient pas à se maintenir à une altitude constante. Toutes les quelques secondes, ils redescendaient lentement et devaient donner une nouvelle impulsion pour remonter.

Mais ils faisaient des bonds vraiment impressionnants ! Chaque fois, ils parcouraient des centaines de mètres dans la brume.

Molly avait trouvé tout un matériel de saut à l'élastique dans une valise, et ils s'en étaient servis pour s'encorder afin de ne pas risquer de dériver au-delà de la portée de l'anneau, qui était d'une dizaine de mètres à peu près. Ils avaient appris à synchroniser leurs mouvements pour éviter de se mettre à tournoyer comme des bolas. En revanche, au moindre souffle, le vent les emportait dans la direction des brouillards environnants.

Anna réfléchissait à un moyen de maîtriser leur trajectoire. En s'équipant d'ailes, peut-être ? Ou d'une sorte d'hélice, comme celles des moteurs d'avion ?

– Yoshi ! Tu es là ? hurla Molly alors qu'ils se trouvaient au point culminant de leur saut.

Ils retombèrent lentement vers les feuillages et Anna tendit l'oreille. Pas de réponse, à l'exception d'une clameur d'oiseaux qui lui fit penser à un concert de portes rouillées.

À leurs cris, elle était maintenant capable d'identifier quatre espèces différentes : les grinceurs, qui couinaient comme des gonds grippés ; les pleurnicheurs, qui piaillaient comme des bébés grincheux ; les siffleurs et, évidemment, les déchiqueteurs. Par chance, ces derniers n'étaient pas revenus après avoir attaqué Javi, au camp.

– On dirait que c'est ton tour, Javi, lança Molly.

– J'ai vu.

Le prochain arbre se trouvait juste en dessous de lui, qui était encordé entre les deux filles. Alors qu'ils redescendaient et atteignaient les plus hautes branches, il en attrapa une au passage. Anna sentit l'élastique se tendre et se resserrer autour de sa taille, puis la ramener lentement dans l'autre sens, selon un arc de cercle qui la fit croiser Molly, qui arrivait en sens inverse. Leurs deux élans contraires se combinèrent, et l'arbre plia comme une catapulte prête à tirer, puis se redressa brusquement et tenta de les réexpédier dans la direction d'où ils étaient venus.

Javi s'accrocha farouchement à sa branche alors que la cime de l'arbre se balança trois ou quatre fois d'avant en arrière, avant de s'immobiliser enfin.

– Je n'aime toujours pas ça, commenta-t-il.

– Tu plaisantes ou quoi ? s'exclama Molly en riant. C'est trop génial !

– Je suis d'accord, renchérit Anna.

Même si les lois de la physique étaient complètement chamboulées, c'était la première fois qu'elle se sentait à peu près normale depuis l'accident. Elle émergeait enfin de l'espèce de torpeur qui s'était emparée d'elle. Peut-être était-ce la vision de la jungle qui s'étendait au-dessous d'elle, pleine de vie, de sons et de couleurs. Ou peut-être simplement le fait de s'être éloignée de l'épave et de ses rangées de sièges arrachés.

– Il y a un truc que je ne comprends pas, reprit Javi, tandis qu'ils démêlaient leurs élastiques. Si nous ne pesons presque rien, comment se fait-il que les arbres plient autant lorsqu'on s'y accroche ?

– Oui, ajouta Molly. Je commence à avoir mal aux jambes. Même si la gravité est quasi nulle, c'est fatigant.

Anna dut réfléchir un moment pour trouver la réponse.

– Nous sommes comme un astéroïde : dans l'espace, les objets n'ont pas de poids, mais ils peuvent quand même vous écraser. Ils ont une vitesse, ils ont...

– Une masse ! s'écria Javi.

– Exactement, rétorqua Anna. Vous vous souvenez quand

M. Keating nous a expliqué la différence entre le poids et la masse ?

Molly détourna le regard et Anna prit conscience de ce qu'elle venait de dire. L'image de M. Keating soulevé et projeté hors de l'avion lui revint en mémoire, et la torpeur s'empara à nouveau de son esprit. Elle avait l'impression d'être prisonnière d'une gangue de boue.

Un silence embarrassé s'installa.

– Excusez-moi, dit Anna au bout d'un moment.

– Ça va, répondit Molly, mais évite peut-être de parler de lui devant Oliver.

– Je n'ai pas tellement envie d'en parler non plus, soupira Anna. J'ai juste envie de sauter. Et de retrouver Yoshi. Je le trouve sympa.

– Moi aussi, répliqua Molly avec un sourire. Vous êtes prêts, les amis ?

Anna vérifia l'élastique qui la reliait à Javi et hocha la tête. D'une poussée, ils s'envolèrent à nouveau, en abandonnant leurs sombres pensées derrière eux.

Tout en se laissant dériver dans la brume, Molly recommença à appeler.

– Yoshi ? Où es-tu ?

Anna tendit l'oreille. Les seuls sons audibles étaient les chants des oiseaux siffleurs. Elle essaya une nouvelle fois la radio et ne capta qu'un grésillement de parasites.

– Regardez là-bas ! lança Javi.

Un peu plus loin, un bouquet d'arbres géants dépassait de la canopée. Leurs troncs grêles et étirés, drapés de lianes, montaient si haut que leurs cimes disparaissaient dans les nuages.

Ils avaient l'air de former un cercle parfait.

– Ça, c'est bizarre, commenta Anna.

– Oh oui, répondit Molly. C'est comme s'ils avaient été plantés par quelqu'un.

– Ça vous dit de faire un détour? proposa Anna.

Molly acquiesça, et ils orientèrent leur saut suivant en direction du bosquet.

À mesure qu'ils s'en approchaient, Anna constata que la forêt fourmillait de vie aux alentours. Les arbres étaient couverts de fleurs aux couleurs vives, et des lézards aux écailles iridescentes bondissaient de liane en liane. Une multitude d'oiseaux se disputaient les perchoirs et faisaient résonner une cacophonie de cris.

Malgré le tapage assourdissant, Anna réussit à discerner un autre son, presque couvert par les jacassements des oiseaux, et qui provenait du cœur du bosquet.

Un son bien reconnaissable.

On aurait dit une canalisation d'égout engorgée, recrachant une bouillie de sang et d'ordures, ou les grognements d'un sanglier essayant d'articuler des paroles dans un langage inconnu et hideux. Anna eut l'impression qu'une longue pointe glacée lui glissait le long de l'échine.

Des déchiqueteurs. Une vraie volière de déchiqueteurs.

– Ho ho... dit-elle.

– Plan A! cria Molly en plongeant la main dans sa poche pour en sortir une fusée de détresse.

Avec un horrible caquètement, une nuée verte surgit d'entre les grands arbres. Il y en avait au moins une centaine, en formation serrée. Molly arracha le capuchon de la fusée, qui s'alluma en crachotant, dans une pluie d'étincelles et un panache de fumée.

Le vol de déchiqueteurs réagit instantanément et vira pour éviter la flamme sifflante...

Et filer droit sur Anna.

Il y avait un problème avec le plan A : les cordes qui reliaient les amis étaient trop longues, si bien qu'Anna se trouvait trop loin de la flamme.

Elle prit sa propre fusée.

— Ne la gâche pas ! cria Molly. Javi, ramène-nous vers toi !

Il empoigna les deux liens noués à sa ceinture et tira d'un coup sec. Anna se sentit partir sur le côté, et vit Molly se rapprocher du côté opposé, en agitant sa fusée.

Le vol d'oiseaux explosa en une multitude de petits groupes qui s'égaillèrent dans toutes les directions en poussant des cris aigres. Molly et Anna entrèrent en collision, dans une tempête de battements d'ailes. Anna s'accrocha de toutes ses forces à l'anneau antigravitationnel pour ne pas le lâcher, et Molly hurla. Une odeur de brûlé se répandit dans l'atmosphère. Les deux filles rebondirent l'une contre l'autre, et Anna vit la fusée de détresse tomber en tournoyant vers la canopée et disparaître entre les feuillages.

— Aïe ! Aïe ! C'est pas vrai ! cria Molly en frappant de la paume ses cheveux qui fumaient.

Anna chercha les déchiqueteurs du regard. Ils avaient fui mais se regroupaient déjà et viraient dans leur direction.

– Les revoilà ! lança-t-elle.

– J'allume la mienne ! s'écria Javi en brandissant sa fusée.

– Non ! On n'en a plus que deux ! cria Molly. Plan B !

Anna sourit. Elle avait vraiment espéré avoir l'occasion d'essayer le plan B.

Elle désactiva l'appareil, puis le ralluma immédiatement. Il y eut une secousse écœurante quand la gravité normale se rétablit brusquement et elle eut l'impression que son estomac se retournait dans son ventre.

Une seconde plus tard, ils étaient à nouveau en apesanteur, sauf qu'ils plongeaient à présent vers le sol, à travers l'épaisseur des branchages. Les oiseaux les manquèrent et passèrent au-dessus de leurs têtes en criaillant. Des brindilles fouettèrent le visage d'Anna, puis l'un des élastiques se prit dans une branche et se tendit brusquement. Elle se mit à tournoyer autour du tronc comme un ballon de spirobole.

Et finit par percuter Javi dans une explosion de feuilles arrachées.

– Aïe ! s'écria-t-il.

– Désolée.

Prisonnières du champ d'apesanteur, les feuilles flottaient autour d'eux et formaient une sphère qui s'élargissait lentement.

– Oh ! Comme c'est joli !

– Ils reviennent ! cria Molly. (Elle était au-dessus d'eux, empêtrée dans son élastique.) Ils n'abandonnent jamais ?

Javi jeta un regard à Anna.

– Ils m'ont poursuivi jusqu'en bas, dit-il. Jusqu'à ce que tu...

– ...coupes ce truc, acheva-t-elle.

Elle se pencha sur l'anneau et ses symboles luisants. Il avait vraiment l'air d'attirer ces oiseaux, même s'il était impossible de savoir comment et pourquoi. Il fallait donc l'éteindre, sauf que...

Elle regarda en bas. Le sol était au moins à quinze mètres. Si elle rétablissait la pesanteur, ils risquaient de se tuer.

– Descendez ! Vite !

Molly détacha le mousqueton de l'élastique accroché à sa ceinture. D'un coup de pied, elle se propulsa tête la première vers le bas en s'aidant des branches, comme un plongeur à travers une forêt d'algues.

Javi réussit à se désentortiller et la suivit, mais en détachant son propre mousqueton Anna s'aperçut qu'elle ne pourrait pas en faire autant : l'élastique enroulé autour du tronc lui emprisonnant la jambe, elle était solidement arrimée à l'arbre.

Les volatiles lui fonçaient dessus en poussant des piaillements hargneux.

– Aïe, aïe, aïe, murmura-t-elle.

– Anna ! Dépêche-toi ! cria Molly d'en bas.

Molly était dangereusement proche de la limite de portée de l'anneau.

– Je suis coincée !

Anna remit le mousqueton à sa ceinture et étreignit le tronc de l'arbre.

– Accrochez-vous où vous pouvez ! Cinq ! Quatre ! Trois...

À *zéro*, elle éteignit l'appareil.

La pesanteur redevint normale et elle glissa de quelques centimètres, mais l'élastique se resserra autour de sa jambe et l'immobilisa d'un coup sec. Le sommet de l'arbre se balança, plia sous son poids, mais résista.

Comme si plus rien ne les guidait, les déchiqueteurs passèrent autour d'elle en vociférant et s'éparpillèrent parmi les branches en lacérant les feuillages. Seuls quelques becs effilés comme des rasoirs lui avaient écorché les bras et le visage au passage.

Un instant plus tard, ils avaient disparu dans les brumes.

Anna resta accrochée à son arbre, sans bouger, sans se soucier du sang qui coulait de ses égratignures et de l'élastique qui lui coupait la circulation.

– Ça va ? appela Molly.

– Très bien.

Malgré le calme de son intonation, son cœur battait à grands coups dans sa poitrine.

– Est-ce que vous pouvez tenir encore une minute ?

– Pas de souci, répondit Javi.

Soixante secondes. Ce serait sans doute suffisant pour que les déchiqueteurs s'éloignent et ne reviennent pas. Dans ces conditions, rester accrochée à son arbre un petit moment ne lui posait aucun problème.

Anna se mit à compter calmement.

– Un Mississippi, deux Mississippi, trois Mississippi...

Elle avait l'esprit en ébullition et sa torpeur avait disparu, chassée par la pulsation du sang dans ses veines.

Il était vraiment étrange que ces volatiles soient à ce point attirés par cet appareil, en particulier du fait que l'appareil en question était probablement récent. Un engin capable de courber les lois naturelles universelles ne pouvait qu'être très nouveau, non ?

– Huit Mississippi, neuf Mississippi, dix Mississippi...

Elle commençait à avoir des fourmis dans la jambe.

Cette jungle ne correspondait à rien de connu, scientifiquement parlant, avec son ciel blanc, ses oiseaux et ses plantes insolites. Et il y avait le fait que l'avion aurait dû s'écraser au milieu des glaces et pas en pleine forêt vierge.

Cet endroit était au moins aussi étrange que l'objet qu'elle tenait dans la main.

Le temps de compter jusqu'à soixante et de réactiver l'anneau pour se laisser descendre et rejoindre ses amis, Anna était parvenue à une conclusion qui, quoique bizarre, lui paraissait parfaitement logique.

Il existait une relation directe entre la jungle et cet objet.

13

Javi

– C'est nul ! lança Javi en chassant de la main les insectes qui bourdonnaient autour de son visage. C'est encore pire que de voler.

Molly écarta une liane d'un geste.

– Oui, mais il n'y a pas d'oiseaux tueurs.

– C'est vrai, lui concéda Javi.

Il jeta un coup d'œil inquiet en direction du ciel, toujours aussi blanc, et vérifia qu'aucun serpent ne se camouflait dans les branchages au-dessus de leurs têtes.

– Si on pouvait comprendre ce qui attire les déchiqueteurs lorsqu'on allume l'antigraviton, dit Anna, on pourrait peut-être trouver une solution. Et alors on pourrait continuer à sauter.

– L'antigraviton ? Et depuis quand on appelle ces oiseaux des déchiqueteurs ? demanda Javi en fronçant les sourcils.

– Depuis qu'ils ont essayé de te déchiqueter, riposta Anna.

– Que tu donnes un nom à l'anneau, d'accord. Mais les oiseaux, c'est moi qui les ai découverts ! s'indigna Javi.

– Découverts ? s'étonna Molly.

– Eh bien, c'est moi qui les ai vus en premier. C'est à moi de leur donner un nom.

– Si tu veux. Qu'est-ce que tu proposes ?

Molly marchait devant en coupant les lianes et les feuilles à l'aide d'un couteau de survie. Elle avait les cheveux brûlés d'un côté, et portait une serviette de table ornée du logo de la compagnie aérienne en guise de bandana pour éponger la sueur qui lui coulait dans les yeux. Elle avait l'air d'une capitaine pirate dans un film à petit budget.

– Heu... fit Javi.

Il réfléchit. Les déchiqueteurs, c'était plutôt cool comme nom, mais c'était quand même lui qui s'était fait déchirer sa chemise. Il lui paraissait injuste de ne pas avoir le droit de décider comment ils appelleraient ces volatiles.

Il s'était changé et portait une nouvelle chemise, trouvée dans l'une des valises récupérées dans la soute. Elle lui allait très bien, mais l'idée de ce qui était arrivé à son propriétaire lui donnait un peu la chair de poule. Combien de temps faudrait-il avant qu'ils en soient tous réduits à porter les habits des morts ?

À cette pensée, il se sentit incapable de trouver un nom intéressant pour ces oiseaux.

– Je te dirai ça plus tard, marmonna-t-il.

– On garde les *déchiqueteurs* ! décréta Molly en découpant d'un geste vif la liane qui lui barrait le passage.

– Est-ce que je pourrais au moins me servir du couteau ? demanda Javi.

– C'était mon tour, protesta Anna.

– Bon, d'accord, rétorqua-t-il. Mais la prochaine fois qu'on trouve un truc qui fait peur, c'est moi qui lui donne un nom !

Molly ne répondit rien. Elle se contenta de lui adresser un regard sévère, comme si elle n'avait aucune envie de songer aux dangers qui fourmillaient dans cette jungle.

Javi n'avait aucun doute sur leur existence.

Au début, s'éloigner du camp lui avait remonté le moral. L'épave de l'avion semblait hantée par les fantômes des autres passagers, et sa grande ombre délabrée lui rappelait sans cesse qu'ils étaient vraiment en mauvaise posture. Et là, au cœur de la jungle, Javi avait découvert autre chose : la technologie pouvait vous lâcher de temps à autre, mais la nature se moquait cordialement de ce qui pouvait vous arriver.

La nature, c'est le désordre, songea-t-il en escaladant le tronc fendu d'un arbre couché, dans le creux duquel s'agitaient des quantités de bestioles dotées de beaucoup trop de pattes.

Les insectes volants étaient jolis, eux. Ils répandaient une douce lueur bleutée qui faisait penser à des guirlandes de Noël. Peut-être pourrait-il en attraper quelques-uns et les enfermer dans un bocal pour fabriquer une lanterne, comme avec les lucioles en été ?

Des lanternelles ? Des bleuelles ?

Ce serait vraiment génial de rentrer à la maison en annonçant qu'au lieu d'avoir gagné un tournoi de football robot, il avait découvert un nouvel animal.

Mais pour ça, il fallait d'abord trouver le moyen de revenir.

– C'est de plus en plus fort, déclara Molly.

Javi crut qu'elle parlait du bourdonnement des insectes, puis il sentit la vibration du sol sous ses semelles. Il mit sa main en cornet autour de son oreille pour localiser le son. La cascade se trouvait droit devant.

– Yoshi ! cria Molly.

– Il ne peut pas t'entendre, dit Anna. La chute d'eau fait trop de bruit.

– Sus aux moucherons ! s'écria Javi.

Une demi-heure plus tard, le tonnerre de la cataracte était devenu si fort qu'il faisait trembler les feuillages autour d'eux. Pâles et fantomatiques, des écharpes de brouillard glacé dérivaient entre les arbres.

L'odeur de l'eau commençait à donner horriblement soif à Javi. Il regarda sa bouteille. Elle était vide depuis un bon moment. Cette expédition de sauvetage prenait plus de temps qu'ils ne l'avaient imaginé, et il ne voulait même pas songer à l'inquiétude que devait ressentir Oliver.

Tout à coup, Molly poussa un grand cri d'allégresse et courut à l'orée d'une clairière centrée sur une cascade majestueuse, dont les eaux dégringolaient d'un endroit situé très haut dans les brumes. Elles s'écrasaient sur un affleurement rocheux, en bordure d'un bassin écumant.

Javi voulut se précipiter avec sa bouteille, mais Anna le retint par le bras et jeta un coup d'œil alentour.

– Attends une seconde, dit-elle. C'est un point d'eau, et pourtant, il n'y a pas d'animaux.

– Et alors ? interrogea Molly. Tu penses qu'elle est empoisonnée ou quelque chose de ce genre ?

Anna secoua la tête.

– Il pourrait y avoir des prédateurs. C'est l'endroit idéal pour se poster en embuscade et attendre les proies.

Javi semblait hypnotisé par les eaux fraîches et scintillantes.

– En embuscade ? Sans rire ? Pourquoi faut-il que la nature cherche toujours à nous enquiquiner ?

– Parce que tu t'imagines que la nature se soucie de ton petit confort ? Tu me fais marrer, lança Anna.

Javi leva les yeux au ciel.

– Oui, ben, en attendant, la civilisation n'essaie jamais de me dévorer.

– Qu'est-ce qu'il faut faire, à votre avis ? intervint Molly. On s'assoit et on attend que... Hé ! Vous avez vu ça ?

Javi regarda ce qu'elle leur montrait. Il y avait une tache bleu foncé parmi les lierres rougeâtres qui rampaient au bord du bassin. Une forme étalée, bras écartés. Un *corps* ?

Javi étouffa un cri, puis comprit de quoi il s'agissait. Une chemise.

De la même couleur que celle de Yoshi.

– Une théorie ? Une hypothèse ? demanda Molly d'une voix si basse qu'elle en était à peine audible sous le rugissement de la cascade.

– Il est allé nager ? suggéra Javi.

– Dans ce cas, où est-il ? répliqua Molly en secouant la tête.

Anna haussa les épaules.

– De deux choses l'une : ou bien il n'y a aucun danger et il est parti en exploration, ou bien le prédateur du coin l'a trouvé avant nous et pour le moment il a le ventre plein. Dans les deux cas, nous sommes tranquilles pour le restant de la journée.

Javi la regarda fixement.

– C'est vraiment dur comme réflexion, même venant de toi.

Cependant, il fallait reconnaître qu'elle n'avait pas tort, même si c'était horrible. Toutefois, le tissu n'avait pas l'air taché de sang. Du moins, pas de là où ils se trouvaient.

– Je vais voir, décida Javi.

En se rapprochant, il s'aperçut que le vêtement était étalé soigneusement, comme s'il avait été mis à sécher. C'était une belle chemise. Yoshi avait sûrement voulu la laver. C'était déjà un bon point pour la théorie sans prédateur.

Et puis, avec son sabre, il fallait au moins un tyrannosaure pour s'en prendre à Yoshi. Javi examina le vêtement et le terrain autour. Pas de sang.

Où était-il passé ?

En baissant les yeux vers ses pieds, Javi aperçut un reflet blanc entre les feuilles du lierre couleur rouille. Il s'accroupit et frissonna en découvrant qu'il s'agissait de petits os, à peu près de la taille d'un doigt.

– Qu'est-ce que tu as trouvé ? cria Molly.

Elle était en train de contourner la clairière pour s'approcher de lui.

– Attends une seconde.

Javi se pencha pour mieux voir. Les osselets étaient trop

nombreux pour provenir d'un doigt humain. Ils étaient alignés comme un collier, sur à peu près huit centimètres.

Il écarta les tiges du lierre. C'était une colonne vertébrale. Peut-être celle d'une souris. Juste un squelette abandonné là.

Il frissonna une nouvelle fois. Ce n'était rien du tout. Quand les animaux mouraient dans la nature, personne ne s'occupait de les enterrer.

Puis il aperçut un autre petit squelette, à quelques dizaines de centimètres du premier. Il y avait peut-être un prédateur dans le voisinage, après tout.

– Heu, je pense qu'on devrait...

– Hé ! cria soudainement Molly.

Il leva les yeux. À mi-chemin, au milieu de la clairière, Molly battait des bras pour conserver son équilibre. Elle essayait de dégager son pied, coincé dans quelque chose.

Ce fut à ce moment qu'il vit le lierre. Les tiges ondulaient comme des serpents autour des chevilles de Molly. Javi se précipita...

Ou plutôt, voulut se précipiter.

Une tige de lierre s'était entortillée autour de son poignet droit, comme une corde. Il tira, mais elle se resserra et remonta le long de son bras.

– Qu'est-ce qui se passe ? cria-t-il.

– J'en sais rien ! répliqua Molly. Anna ! Ne marche pas sur le lierre !

Javi s'arc-bouta pour tenter de déraciner la plante, en utilisant la force de ses jambes, mais en vain. Elle était trop solide, et il vit que d'autres tiges s'étaient entortillées autour de ses chevilles !

Il se souvint qu'il avait une fusée de détresse dans la poche. Il voulut la prendre.

Une tige de lierre jaillit de l'enchevêtrement et s'enroula autour de son poignet gauche.

Il se débattit. De nouvelles lianes se dressèrent hors de la masse végétale et se lovèrent autour de sa taille et de ses jambes. L'une d'elles commença même à ramper vers son cou. Il était si bien ligoté qu'il ne parvenait pas à rapprocher ses mains pour ôter le capuchon de protection de la fusée.

À l'évidence, le concepteur de ces objets stupides n'avait jamais songé à la menace que pouvaient représenter des lianes étrangleuses !

Javi baissa la tête, attrapa la languette de l'opercule entre ses dents et tira. Un geyser d'étincelles lui jaillit au visage, dans un nuage de fumée qui lui piqua les yeux et lui irrita les poumons. Sans en tenir compte, il secoua énergiquement son bâtonnet enflammé.

Il y eut un sifflement et une odeur d'herbe brûlée, et la liane qui lui emprisonnait le poignet gauche se relâcha.

Les yeux pleins de larmes, Javi agita la fusée au-dessus des tiges qui retenaient son poignet droit. Elles le lâchèrent aussi vite qu'un élastique qui claque et se rétractèrent dans le tapis végétal.

– Anna ! Lance-moi ta fusée ! cria Molly.

Javi avait réussi à libérer ses pieds en arrosant le lierre d'étincelles, quand une tige fusa subitement du sol. Elle s'enroula autour de sa main et se resserra brutalement, aussi fort et aussi douloureusement que lorsque ses cousins culturistes s'amusaient à lui broyer les doigts dans leur poigne de fer. La fusée lui échappa et roula dans la broussaille.

Un frémissement se répandit dans le tapis de feuillages, à partir de l'endroit où s'était immobilisée la fusée grésillante. Mais la liane qui retenait son poignet ne se relâcha pas.

– Pourquoi tu ne veux pas mourir, toi ? s'écria-t-il en donnant des coups de pied à la racine.

Soudain, un éclair métallique surgi de nulle part passa sous sa main.

Brusquement libéré, Javi tituba en arrière et tomba assis au bord du bassin. Devant lui, Yoshi, torse nu, hachait le lierre à grands moulinets de son sabre de samouraï. Sa lame sifflante était si rapide que Javi la voyait à peine, tranchant les tiges enchevêtrées comme si elles n'offraient pas plus de résistance qu'une toile d'araignée.

Un instant plus tard, tout le lierre avait disparu.

Haletant, Yoshi regarda autour de lui. La fumée se répandait dans la clairière en volutes, qui se mêlaient à la bruine soulevée par la cascade. Molly brandissait la fusée d'Anna, prête à l'allumer à la moindre menace, mais plus rien ne bougeait dans la broussaille.

– Ouf. Merci, réussit finalement à articuler Javi.

L'œil aux aguets, Yoshi abaissa lentement son sabre, puis se tourna vers Javi et lui tendit la main pour l'aider à se relever.

– Nous sommes quittes, je crois, dit-il.

Javi le regarda, interloqué, mais accepta sa main tendue.

Puis il se souvint que c'était lui qui avait retrouvé le katana dans la soute.

– Heu, oui, sûrement. Dis donc, tu es drôlement doué pour l'escrime.

– Contre une plante ? Ce n'était pas vraiment un défi, rétorqua Yoshi en inspectant sa lame. Vous avez vraiment de la chance que je sois revenu chercher ma chemise. Les étranglianes ne sont pas commodes lorsqu'on n'a pas d'arme pour s'en débarrasser.

– Tu m'étonnes ! dit Javi. Et il y a aussi ces oiseaux qui...

Il s'interrompit. *Étranglianes.*

Il laissa échapper un soupir.

– Super nom, pour le lierre, mec.

14

Molly

– Il commence à faire noir, dit Molly. On devrait peut-être s'arrêter ici. C'est déjà assez difficile de voler en plein jour.

– Techniquement, il s'agit de sauter, la corrigea Anna.

– Ce n'est pas plus facile.

Molly jeta un regard en direction de Yoshi. Il n'avait pas l'air vraiment surpris. Quand Anna lui avait fait la démonstration de l'antigraviton, il s'était contenté de hocher la tête sans rien dire. Un appareil capable de créer un champ antigravitationnel n'avait peut-être rien de si étonnant aux yeux du découvreur des étranglianes.

– Attends, intervint Javi. Tu veux vraiment passer la nuit ici ?

– C'est mieux que d'essayer de sauter d'arbre en arbre dans le noir.

– Je préférerais sauter au milieu des arbres que de rester par terre, au milieu des lianes carnivores ! s'exclama Javi avec un regard accusateur à la broussaille. Et puis on ne sait pas ce qui se promène dans le coin en pleine nuit.

– On ne peut pas voler à l'aveuglette, insista Molly.

– Deux mots : oiseaux déchiqueteurs. Pas marrants du tout dans le noir, acquiesça Anna.

– Ça fait neuf mots, riposta Javi. Et les prédateurs qui pourraient rôder sur le sol ?

Ils se tournèrent tous vers Molly.

– On va faire un feu, décréta cette dernière en s'efforçant d'avoir l'air sûre d'elle. Ça les tiendra à distance.

Ils s'installèrent sur un éperon de roche dénudée. Personne n'avait envie de camper à portée des lianes qui serpentaient sur le sol, même si la cascade était loin, à présent. Ils supposaient que les étranglianes tendaient leurs pièges près des points d'eau, mais Yoshi leur avait dit qu'il avait perçu leur présence bien avant d'atteindre le bassin.

Ils firent un tas du petit bois ramassé en chemin et, grâce à l'allume-feu, n'eurent aucun mal à l'enflammer. Il ne faisait pas vraiment froid, mais le feu semblait effrayer les animaux de cette jungle. Ou, du moins, ceux qu'ils avaient rencontrés jusque-là.

Et puis toutes sortes de prédateurs inconnus hantaient sans doute la nuit.

Molly s'efforça de ne pas y penser. Il valait mieux réfléchir au moyen de retourner à leur base sans se faire écharper.

– Demain, on sautera moins haut, dit-elle. Si on reste juste au-dessous de la cime des arbres, on sera au sol beaucoup plus vite si les déchiqueteurs reviennent.

– Bonne idée, acquiesça Javi, mais s'il y a des étranglianes en bas ?

Molly ne répondit pas. Elle faisait tout son possible pour ne pas dévorer des yeux la barre de céréales que Javi tenait dans sa main. Elle avait mis la sienne de côté, pour la manger juste avant de se coucher. L'une des leçons que lui avait enseignées son existence avec sa mère, c'était qu'il n'y avait rien de pire que se réveiller en pleine nuit avec la faim au ventre.

– Je m'occuperai des étranglianes, rétorqua Yoshi.

Il était en train de nettoyer son sabre en le frottant à l'aide d'un chiffon jaune, avec une régularité de mouvement hypnotique dans la lueur du feu. Après une bonne minute de polissage, il l'inspecta sous tous les angles, puis fit tomber quelques gouttes d'huile contenue dans une minuscule fiole de plastique et l'étala soigneusement sur la lame.

Au bout d'un moment, Molly comprit la raison de ces précautions.

– Ton sabre. Il rouille.

– Il a été forgé il y a quatre cents ans, répondit Yoshi avec un hochement de tête. L'acier inoxydable n'était pas encore à la mode.

– Oh, fit Javi, la bouche pleine. Tu dois le nettoyer chaque fois que tu t'en sers ?

– La moindre trace d'humidité peut le faire rouiller.

Molly essaya d'estimer le nombre de gouttes d'huile qu'il pouvait y avoir dans la petite bouteille. Sans doute moins que de monstres dans cette jungle.

Elle se demanda à quel moment elle avait perdu tout espoir de voir arriver des secours. Et pour quelle raison. Probablement parce que l'image d'une escouade de la police montée canadienne ne cadrait pas vraiment avec une jungle remplie d'oiseaux déchiqueteurs et de lianes étrangleuses.

Oui. Sans doute.

Lorsqu'ils seraient de retour à l'épave, comment allaient-ils expliquer ça à Oliver ?

Le ciel s'assombrissait et les bruits de la nature s'intensifiaient peu à peu. Quelques lucioles bleutées vinrent voleter autour d'eux. Molly ne quittait pas des yeux les troncs noirs des arbres et se demandait quelles nouvelles menaces pouvaient s'y dissimuler. Il fallait monter la garde, afin de surveiller leur camp durant la nuit...

Sauf que si elle leur en parlait, ils commenceraient tous à fantasmer sur des monstres inconnus et ils ne pourraient pas fermer l'œil.

Molly soupira. Ce serait à elle de rester éveillée, sans rien dire aux autres. Elle pourrait se reposer le lendemain, en sécurité dans la cabine de l'avion.

Elle se passa la main dans les cheveux. Dans un autre contexte, elle aurait été catastrophée et se serait demandé comment les coiffer pour masquer la zone brûlée. Ici, ça n'avait pas vraiment d'importance.

– J'ai pensé à un moyen de communiquer avec le camp, dit Anna. Pour qu'ils sachent qu'on va bien.

Molly, qui était assise à observer le feu, releva les yeux.

– Super idée. Oliver doit être mort d'inquiétude.

– On peut leur envoyer un signal, expliqua Anna en leur montrant un bouquet de brindilles qu'elle venait de faire. J'annule la gravité, on l'enflamme et on le propulse à cinq cents mètres en l'air. Ce sera pareil que si on avait tiré une fusée de détresse.

– Ça fait un demi-kilomètre, commenta Javi. Comment on va y arriver ?

– Regarde.

Elle lança le fagot vers le haut, puis recula d'un pas, le nez levé, en scrutant les ténèbres, et le rattrapa à deux mains quand il retomba.

– Il est monté à cinq ou six mètres, à peu près, dit Javi.

Molly fit le calcul, en regrettant qu'Oliver ne soit pas là.

– Bon, dit-elle. Ce que tu es en train de nous dire, c'est qu'en annulant la gravité, on pourrait le lancer cent fois plus haut ?

Anna acquiesça.

– Sans élan, je suis capable de sauter à un mètre ou un mètre cinquante, d'accord ? Et on a fait des bonds de plusieurs centaines de mètres quand on était là-haut. Un rapport de cent pour un.

– Mais on a testé la bulle d'antigravitation, reprit Molly, et elle ne mesure qu'une dizaine de mètres.

– En largeur, oui, répondit Anna en agitant l'antigraviton. Mais la première fois que je l'ai activé, Javi est monté bien plus haut que ça. La zone ne s'étend peut-être que sur une dizaine de mètres, mais je pense qu'elle n'est pas limitée en hauteur. C'est un cylindre, pas une sphère.

– Ha...

Molly ferma les yeux et se remémora Javi suspendu

au-dessus de la cime des arbres et la porte de l'issue de secours s'écrasant sur le sol.

– Pour quelle raison la bulle d'antigravitation aurait-elle été conçue comme ça ?

– Peut-être que ceux qui ont fabriqué l'antigravitation n'avaient pas le choix, répliqua Anna en plaçant son poing fermé au-dessus des flammes, qui l'illuminèrent. La force d'attraction terrestre monte, d'accord ? Elle rayonne comme cette lumière et c'est elle qui nous ancre au sol. (Elle étendit son autre main, ouverte, sous la première, de manière à occulter la clarté du feu.) Il se peut que cet appareil génère une sorte d'ombre gravitationnelle. Tout ce qui se trouve au-dessus n'a quasiment plus de poids parce qu'il l'isole de la Terre.

Javi poussa un gémissement de lassitude et se laissa tomber assis sur un rocher.

– Ta théorie a un certain sens, même si elle me donne le tournis.

Molly fronça les sourcils en prenant conscience que tout ce qu'elle savait de la relativité provenait d'émissions télévisées et de questions bonus à ses différents tests.

– Mais la force de gravitation ne brille pas ! se récria-t-elle. Elle courbe l'espace. Enfin... J'imagine que ce sont des concepts assez proches.

– Comment pouvez-vous savoir tout ça ? interrogea Yoshi.

Il avait rengainé son sabre et observait les mains d'Anna au-dessus du feu.

– On ne sait rien du tout, rétorqua-t-elle avec un haussement d'épaules. On théorise, c'est tout.

– Nous sommes des ingénieurs. On allait à Tokyo pour un tournoi de robots.

Molly avait essayé de prononcer cette phrase sur un ton dégagé, comme si la Team Killbot prenait régulièrement l'avion pour participer à des conférences robotiques au Japon, mais Yoshi n'eut pas l'air aussi impressionné qu'elle l'espérait.

– Des ingénieurs ? rétorqua-t-il. Alors pourquoi vous n'avez pas imaginé qu'on pourrait être sur un vaisseau spatial ?

Ils le fixèrent avec stupeur.

– Un *quoi* ? s'étouffa Molly.

– Réfléchissez, dit calmement Yoshi. Faire écran à la force d'attraction d'une planète tout entière, ça demande un équipement énorme. Ce truc est de la taille d'un frisbee.

– Et alors ? répliqua Molly.

– Alors, dans un vaisseau spatial, la gravitation est artificielle. Pas besoin de modifier les lois de la physique. Il suffit d'un interrupteur.

Devant leur absence de réaction, Yoshi poussa un soupir d'impatience.

– En d'autres termes, ce n'est peut-être pas un appareil antigravitationnel. C'est peut-être juste une télécommande.

Molly le dévisagea en se demandant si son expédition d'une journée dans la jungle pouvait lui avoir dérangé l'esprit, ou s'il avait avalé par accident une plante aux effets psychédéliques.

Il leur montra sa radio.

– J'ai entendu quelque chose. On aurait dit une transmission.

– Vraiment ? dit Molly. Nous, on n'a rien obtenu d'autre que des parasites.

Yoshi alluma son récepteur.

– Pareil de mon côté. Mais à la cascade, j'ai capté un signal. Des bips. Une sorte de séquence répétée. Sur un vaisseau spatial, il y aurait forcément une balise de navigation, vous ne croyez pas ?

Molly jeta un regard à Javi et à Anna, comme pour les appeler silencieusement à l'aide.

– Il n'y a pas vraiment de ciel, ici, dit Javi doucement. On ne voit que de la brume.

– Comme si on essayait de dissimuler un plafond, ajouta Anna en hochant la tête.

Molly les regarda l'un après l'autre d'un œil incrédule.

– Hein ? Enfin, c'est vrai que cet endroit est très bizarre, mais quel intérêt de planter une jungle dans un vaisseau extraterrestre ?

Au lieu de lui répondre, Javi et Anna se tournèrent vers Yoshi, qui haussa les épaules.

– Lorsqu'on est capable de bâtir un vaisseau assez grand, pourquoi ne pas installer une forêt dedans ? Les plantes produisent de l'oxygène.

– Exactement dans les proportions nécessaires à des humains ? demanda Molly.

– Ils ont peut-être effectué quelques réglages. À l'évidence, ils ne veulent pas nous tuer.

– Ah oui ? s'exclama Molly. Tu n'as pas un peu oublié les plantes carnivores ?

Yoshi leva les mains dans un geste d'apaisement.

– Ils nous testent. Si vous aviez capturé une bande de primitifs, est-ce que vous n'en feriez pas autant ?

– Je commencerais surtout par ne pas kidnapper les gens ! protesta Molly.

Elle se tourna vers Javi et Anna.

– Depuis quand vous croyez aux histoires d'enlèvement par des extraterrestres, vous deux ?

– Plus ou moins depuis qu'une force inconnue s'est emparée de notre avion et nous a catapultés dans cette jungle bizarre, répondit Javi sur un ton fataliste.

– Molly, on a failli se faire dévorer par une plante, dit Anna très calmement. Et cette végétation rouge ? Sur Terre, presque tous les organismes qui utilisent la photosynthèse sont verts. C'est comme si les végétaux qui nous entourent avaient évolué sous un soleil différent du nôtre.

Molly laissa échapper un soupir exaspéré. À quel moment, exactement, avaient-ils tous perdu la tête ? Avant de tirer des conclusions, il fallait des preuves, de l'expérimentation. Surtout si ces conclusions étaient ridicules.

– Écoute, Molly, reprit Anna. Je ne dis pas qu'on est sur un vaisseau spatial, mais il faut reconnaître que ce qui nous arrive est au moins aussi bizarre que si c'était le cas. Est-ce que tu as une meilleure théorie à proposer ?

Molly resta silencieuse un long moment, les yeux perdus dans les flammes, avant de répondre.

– Je pense que nous sommes toujours sur Terre parce que nous pouvons respirer et que la gravité n'a pas changé. Je pense que notre avion a dévié de sa trajectoire à cause d'un objet étrange, d'une technologie inconnue, présent dans la soute, et que nous nous sommes écrasés à un endroit où personne n'a jamais mis les pieds. Une île perdue, ou une vallée au plus profond de la forêt amazonienne, que personne n'a jamais découverte avant nous parce qu'elle est perpétuellement cachée dans les brumes.

Elle se redressa et leva les yeux vers le ciel noir.

– Et je pense que je peux le prouver.

Javi vint la rejoindre.

– Tu crois que tu verras des étoiles, là-haut ?

– Oui. Regarde.

Elle fit un bond sur place, en y mettant toute son énergie.

– À quelle hauteur j'ai sauté ?

– Heu... Soixante-dix centimètres, à peu près ?

– C'est ça, dit Molly. Et si vous m'aidez, je parie que je peux monter deux fois plus haut. Un mètre cinquante, multiplié par cent, ça devrait suffire pour dépasser n'importe quel brouillard !

– Mais tu oublies les déchiqueteurs ! protesta Javi. Tu ne pourras pas éteindre l'appareil sans tomber et t'aplatir comme une crêpe.

– Sans compter que tu nous retomberais dessus, ajouta Anna.

– Je prends une fusée de détresse, dit Molly. Ça vaut le coup d'essayer. Peut-être qu'on découvrira quelque chose sur cet endroit. De toute manière, si on ne fait rien, on va tous devenir fous.

Ils la regardèrent sans rien dire durant un instant, et ce fut Javi qui rompit le silence.

– Bon, d'accord, soupira-t-il. Tous ensemble.

Anna, Javi et Yoshi se placèrent en cercle et joignirent les mains, comme s'ils voulaient lui faire la courte échelle pour l'aider à escalader une clôture.

En s'appuyant sur l'épaule de Javi, Molly posa précautionneusement le pied droit sur les six mains entrelacées de ses camarades, puis activa l'antigraviton.

Elle éprouva l'écœurante sensation que son estomac faisait un saut périlleux dans son ventre alors qu'elle se trouvait dans un ascenseur en chute libre. Le feu cracha une poignée d'étincelles et quelques bûches enflammées s'élevèrent au-dessus du sol.

Houlà. La chaleur monte, songea-t-elle. Cependant, ce problème se résoudrait de lui-même lorsqu'elle atteindrait une altitude suffisante par rapport au feu. Le champ antigravitationnel formait une colonne, mais ne mesurait que dix mètres dans les autres directions, y compris vers le bas.

– Un... deux... trois ! cria-t-elle.

Elle replia les jambes et poussa aussi fort que possible, en battant des bras ; ses compagnons accompagnèrent son mouvement et la propulsèrent vers le haut avec un grognement sourd. Molly fila droit vers le ciel. La lueur du feu s'amenuisa rapidement sous ses pieds, et bientôt la jungle disparut, avalée par l'obscurité et la brume.

Au début, Molly eut l'impression de se trouver suspendue au cœur d'un espace informe et infini. Le seul indice de son déplacement était la brise humide qui lui caressait le visage et la température de l'air qui se rafraîchissait à mesure qu'elle montait. Puis, bientôt, elle se rendit compte que le brouillard s'éclaircissait. Un semis de points scintillants apparut sur la voûte noir d'encre...

Des étoiles dans le ciel nocturne. Magnifiques et parfaites. Ils n'étaient pas dans un vaisseau spatial, en fin de compte.

Molly sourit. Ils étaient toujours sur Terre, ce qui signifiait qu'ils avaient une chance de retourner chez eux un jour. Elle avait hâte de pouvoir dire à Yoshi que sa théorie de l'enlèvement par des êtres venus d'une autre planète était aussi farfelue qu'elle en avait l'air.

Et puis, alors que son ascension ralentissait pour s'arrêter tout à fait et que la longue descente était sur le point de commencer, Molly vit autre chose dans le ciel. Deux objets, en fait, très proches l'un de l'autre.

Elle crut d'abord qu'il s'agissait des feux de signalisation d'un appareil aérien, mais ces lumières étaient bien trop grosses, et l'une d'elles formait un croissant. Et tandis que les brumes se refermaient à nouveau sur elle, Molly comprit de quoi il s'agissait.

Deux lunes. Une rouge et une verte.

15

Yoshi

– Nous sommes sur une autre planète.

Yoshi sursauta et ouvrit les yeux sur un ciel sans étoiles.

Avait-il réellement entendu ces paroles ou s'agissait-il d'un rêve ?

Il se redressa et s'assit, tremblant de froid. Il regarda autour de lui.

– Désolée, murmura la voix dans l'ombre.

C'était Molly. Elle avait dit la même chose lorsqu'elle était redescendue, la veille au soir, avec la même intonation stupéfaite. *Nous sommes sur une autre planète.* Elle était installée devant le feu éteint et l'horizon était à peine discernable derrière elle.

Elle pointa son index vers le ciel.

Yoshi leva le nez et se sentit soudainement tout à fait réveillé.

La brume s'était un peu dissipée, et les deux lunes étaient visibles. Une verte et une rouge, très proches l'une de l'autre. Elles faisaient penser aux yeux vairons d'un gigantesque monstre penché sur eux pour les regarder.

– Tu croyais que je plaisantais ? souffla Molly.

Il vit son sourire étinceler dans l'obscurité. Yoshi haussa les épaules. D'une certaine manière, l'idée d'avoir été téléportés sur une autre planète lui semblait plus difficile à imaginer que celle d'avoir été enlevés par un vaisseau extraterrestre. Et ce qui était certain, c'était qu'il serait encore plus dur d'en revenir.

Cependant, ces objets dans le ciel étaient bien des lunes. Deux lunes.

Il décida de changer de sujet.

– Tu as trop faim pour dormir ?

Ses crampes d'estomac l'avaient poursuivi jusque dans ses rêves. La veille au soir, Molly lui avait proposé l'une de ses barres de céréales, mais il avait refusé. C'était sa faute s'il était parti en exploration en n'emportant rien d'autre que son sabre.

– Non, répondit-elle en jetant un regard en direction de Javi et Anna, qui sommeillaient toujours. Je m'inquiète juste au sujet de ce qui pourrait rôder dans la jungle. Je me suis dit que je ferais mieux de monter la garde.

– Toute seule ? réagit Yoshi. Tu veux dire que tu n'as pas dormi de la nuit ?

Elle hocha la tête, l'air épuisé.

– Et est-ce que quelque chose a essayé de nous manger ? interrogea-t-il.

Sans sourire, Molly se tourna vers la forêt obscure.

– J'ai entendu un bruit.

Yoshi fronça les sourcils. De bruits, la jungle en était pleine.

Les bourdonnements des insectes, les battements d'ailes des oiseaux, la course de petits animaux sous la broussaille, et le murmure continuel du vent dans les feuilles et les palmes.

Il tendit l'oreille, mais ne perçut rien d'inhabituel.

– De quel genre ? demanda-t-il.

– Un peu comme une corne de brume. Assez loin.

– Tu veux dire comme un bateau ?

– Non, un animal. Mais vraiment gros.

– Oh. Peut-être assez gros pour nourrir huit personnes, alors, commenta Yoshi en tapotant son katana.

– Ou dévorer huit personnes.

Yoshi considéra cette possibilité.

– Mais probablement trop gros pour se glisser jusqu'à nous sans qu'on l'entende. Tu devrais dormir un peu. Je vais monter la garde.

Elle le regarda sans rien dire, comme si elle évaluait sa proposition, ou n'avait pas confiance en sa capacité à rester éveillé.

– J'ai des choses à faire.

Il prit le morceau d'étrangliane qu'il avait emporté et commença méthodiquement à le débarrasser de ses feuilles. Vue de près, la tige était mouchetée de taches vertes.

Molly l'observa avec un peu d'étonnement.

– Est-ce que c'est bien ce que je crois ?

– Oui, j'en ai gardé un bout.

– Pour quoi faire ? dit-elle en écarquillant les yeux.

– Pour l'étudier. Je suis quasiment sûr que ce n'est pas mangeable. Que du nerf.

Yoshi lui jeta un regard et ne put réprimer un sourire.

– Je ne savais pas que les ingénieurs étaient si facilement dégoûtés.

– Anna adore disséquer tout ce qu'elle trouve, répliqua Molly, les yeux fixés sur la plante morte. Mais je préfère les choses qui ne sont pas spongieuses et pleines de jus. Donnez-moi plutôt un manuel d'installation et des pièces numérotées.

– Ah, tu aimes l'ordre. Tu t'entendrais bien avec mon père.

Molly releva la tête. Il s'était exprimé avec plus de froideur qu'il ne l'aurait voulu. Il se détourna et reprit sur un ton plus agréable.

– Même morte, cette liane est très résistante. Elle pourrait nous servir. Je suis prêt à parier qu'elle peut supporter plus de poids que ces élastiques.

– Nous avons besoin de quelque chose de souple et pas spécialement de quelque chose de solide. Nous nous écrasons sans arrêt contre les arbres. Et puis je n'ai aucune envie d'enrouler cette chose morte autour de moi, ajouta-t-elle avec un frisson.

– Tu n'as jamais porté de ceinture en cuir ? C'est fait avec une chose morte aussi.

– OK. Je refuse d'enrouler une chose extraterrestre morte autour de ma taille.

– Tu fais ce que tu veux, lui concéda Yoshi avec un haussement d'épaules. Mais je la garde quand même, au cas où. Il y a des chances pour qu'on soit obligés de se contenter de trucs pleins de jus pendant un bon moment.

– Tu as probablement raison, soupira Molly. Je crois que je suis juste fatiguée.

– Tu n'as qu'à dormir.

Elle s'étendait déjà sur le sol rocheux. Un instant plus tard, elle avait les yeux clos.

Yoshi termina d'ôter les feuilles de la liane et l'attacha à son fourreau, qui était fait de peau de requin. Un prédateur, comme cette plante.

Il fit glisser son katana hors de son étui pour en inspecter la lame. Elle était nette et luisante. Parfaite.

Il ne lui restait rien d'autre à faire que de scruter les ténèbres en écoutant la rumeur sourde de la jungle, pareille au grondement lointain des vagues de l'océan. Chaque son avait sa petite histoire. Les pépiements aigus et les bruissements d'ailes de deux oiseaux en train de se battre. La course rapide d'une bestiole le long d'une branche. Rien de dangereux.

Peu avant l'aube, Yoshi entendit autre chose : le fracas d'un animal imposant, se frayant un passage entre les arbres en piétinant les brindilles et les feuilles.

Une créature puissante, convaincue de sa force.

Yoshi se crispa, la main sur le pommeau de son sabre, les yeux braqués vers la jungle obscure. Au bout d'un moment, les craquements s'amenuisèrent et il se demanda presque s'il ne les avait pas simplement imaginés. C'était la faute de Molly, avec ses histoires de monstre mugissant comme une corne de brume. Il n'y avait probablement rien dans les environs.

Mais quand l'horizon prit une teinte rouge sang, Yoshi se sentit soulagé de voir enfin arriver l'aurore.

Une fois tout le monde réveillé, ils s'encordèrent – à l'aide des élastiques et non des étranglianes – et s'élevèrent vers la cime des arbres pour retourner à l'avion en longeant le cours d'un ruisseau qui prenait naissance à la cascade.

C'était l'idée de Molly : ainsi, ils pourraient localiser le point d'eau le plus proche du campement. Le ciel blanc s'y reflétait et le ruban scintillant de l'eau était facile à suivre à travers les branchages. Il serpentait beaucoup, mais ils prenaient le temps de se propulser un peu plus haut tous les dix sauts, pour vérifier l'emplacement de l'épave.

Yoshi trouvait cela très raisonnable ; il se laissait donc guider. Les trois ingénieurs voyaient tout ce qui les entourait comme des problèmes à résoudre et y consacraient toute leur puissance de réflexion, ce qui n'était pas plus mal. Cela leur permettait d'oublier un peu le fait qu'ils avaient peu de chances de retrouver un jour leurs foyers.

Ils étaient dans le même état d'esprit que des lapins à découvert dans un champ. Ils tendaient l'oreille, à l'affût des déchiqueteurs, apeurés comme des proies potentielles.

Yoshi décida qu'il valait mieux ne pas parler des bruits qu'il avait entendus au cœur de la nuit. Ça ne pouvait que les effrayer, et ce n'était probablement qu'un effet de son imagination.

Ses trois compagnons évitaient les bouquets de très hauts arbres qui pointaient à intervalles réguliers au-dessus de la canopée. Ils avaient des troncs grêles qui montaient tout droit vers le ciel jusqu'à disparaître dans la brume et ils formaient des cercles parfaits. Plus étrange encore, tous ces cercles paraissaient mesurer exactement le même diamètre.

– Ce n'est pas naturel, dit Yoshi à Molly alors qu'ils passaient à distance de l'un de ces bosquets. Ils ont été plantés.

– Je sais, répondit-elle tout en s'occupant de démêler son élastique. Ça ressemble à un signe de vie intelligente, hein ? J'adorerais aller les inspecter de plus près, mais écoute et dis-moi ce que tu entends.

Yoshi ferma les yeux. À la rumeur de la forêt, avec ses cris d'oiseaux et ses bourdonnements d'insectes, se mêlait un autre bruit qui lui donna la chair de poule. Une sorte de grognement sourd et coléreux, comme celui d'un troupeau de cochons furieux.

– Ce sont les déchiqueteurs ?

Molly acquiesça. Ils repartirent dans la direction opposée.

Yoshi chassa le souvenir de la voix effrayante des déchiqueteurs pour se concentrer sur le plaisir de flotter par-dessus les feuillages embrumés, avec son sabre arrimé dans le dos.

Il avait l'impression d'être un guerrier de légende dans un roman d'aventures. Comme si toutes ces années passées à se délecter de mangas, d'*animes* et de cinéma – et l'envie de s'initier à l'escrime que cela lui avait inspirée – n'avaient été qu'une préparation à son arrivée dans cette jungle.

Quelle que puisse être la nature de cet endroit. Lunes ou pas, Yoshi avait quand même l'impression d'un lieu fermé. Un titanesque vaisseau spatial plutôt qu'une planète. La brume formait un plafond bas au-dessus de leurs têtes, la forêt dense élevait des murs autour d'eux, et ces cercles d'arbres parfaitement plantés semblaient directement sortis du jardin d'un géant.

Et plus encore que tout le reste, il y avait ce bruit sourd qui émanait d'au-delà de la cascade. Une immense vibration, qui évoquait le grondement de l'espace à l'extérieur d'un vaisseau.

Sauf que dans l'espace, le silence était total, non ?

Un grondement de moteurs, alors.

Une fois qu'ils auraient réglé le problème de la nourriture et de l'eau, il faudrait qu'il retourne explorer les environs pour découvrir l'origine du son qu'il avait capté. Peut-être s'agissait-il d'un énorme transmetteur tourné vers des étoiles lointaines ?

Qu'il s'agisse d'un vaisseau spatial, d'une planète ou de quelque chose d'autre, les exigences de son père paraissaient parfaitement *frivoles*, à présent. La calligraphie, la grammaire. L'étiquette du monde des affaires et les différentes manières de gagner de l'argent.

Rien ne pouvait se comparer à ce qu'il découvrait. Un monde nouveau à explorer, peuplé de monstres et de créatures de toutes sortes. Un nouvel Univers, peut-être ?

As-tu fait quelque chose d'utile aujourd'hui, fils ?

Pas grand-chose, non. J'ai juste appris à voler.

Yoshi avait presque oublié leur existence quand les déchiqueteurs attaquèrent.

Une vocifération lugubre perça soudain la brume, et Javi poussa un cri d'effroi. Anna désactiva l'antigraviton une fraction de seconde, puis le ralluma dès qu'ils commencèrent à chuter. Il y eut une secousse, et Yoshi tomba brutalement à travers les branches, qui le griffèrent et le giflèrent au passage. Au-dessous de lui, le ruisseau se rapprocha rapidement.

À un ou deux mètres du sol, Anna éteignit à nouveau l'appareil, et ils s'écrasèrent au milieu d'une gerbe d'éclaboussures dans les eaux froides et peu profondes. Yoshi se releva, haletant, et regarda ses mains ensanglantées et couvertes d'égratignures.

Au-dessus d'eux, le vol hurlant passa en louvoyant à travers les branchages, comme un dragon vert et ondulant, doté d'un millier de petites ailes battantes. Une pluie de feuilles déchiquetées descendit lentement vers le sol, mais les volatiles ne parurent pas s'apercevoir de la présence des humains.

– Tu as vu, Yoshi ? demanda Javi. La seule chose qui les intéresse, c'est l'antigraviton. C'est comme s'il les attirait.

– Ce sont des oiseaux extraterrestres. L'antigraviton est un appareil extraterrestre, déclara Anna. Ils vont ensemble, si l'on peut dire.

– Mais qu'est-ce qu'un objet venu d'une autre planète faisait dans notre avion ?

Yoshi s'accroupit dans l'eau et observa la nuée qui s'éloignait en zigzaguant, avec des cris si féroces, si pleins de haine, qu'ils lui firent irrésistiblement penser à un démon vengeur.

– Il a peut-être été volé, hasarda-t-il.

Ses trois camarades le regardèrent. Yoshi nagea jusqu'à la berge.

– Cet objet n'est pas de fabrication humaine, mais si l'un des passagers l'avait volé? Un peu comme un artefact magique interdit. Les extraterrestres voulaient le récupérer, alors ils ont pris l'avion tout entier.

– Admettons, dit Javi. Mais dans ce cas, pourquoi nous jeter dans une jungle pleine de trucs qui essaient tous de nous dévorer?

Yoshi poussa un soupir. Ces ingénieurs étaient très forts pour formuler des théories, mais dès qu'il s'agissait de se montrer créatif, il n'y avait plus personne. Il les soupçonnait d'être trop raisonnables pour comprendre le concept de colère ou de vengeance.

– Peut-être qu'ils se moquent de savoir qui l'a volé, suggéra-t-il, et qu'ils ont juste décidé de nous faire payer pour ce crime.

– Tu es sérieux? s'exclama Molly.

– Heu... Les amis... les interrompit Javi.

Il leur montrait un arbre. Yoshi leva les yeux. L'écorce était sauvagement lacérée. À une hauteur d'à peu près deux fois sa taille, plusieurs griffures profondes dessinaient grossièrement un X.

– Alors ça, c'est bizarre, souffla Molly. Vous croyez que c'est un animal qui a fait ça?

– Je ne vois pas quel animal le pourrait, répondit Anna.

Dans un mouvement presque réflexe, Yoshi leva un bras

et esquissa des huit dans l'air, comme s'il utilisait son sabre pour marquer l'arbre.

– Qu'est-ce qu'il y a ? dit Molly. Tu penses que c'est un humain qui a laissé ces traces ?

Il secoua la tête.

– Pas assez précis. Tu as déjà vu un chat faire ses griffes sur son arbre à chat ?

– Ce serait un chat sacrément grand, commenta Javi.

Yoshi se tourna vers Molly, qui fit la grimace.

– J'ai entendu quelque chose, hier soir, confessa-t-elle. Un rugissement. Et c'était une grosse bête.

– Je l'ai entendue se déplacer dans la jungle, moi aussi, confirma Yoshi.

Tous regardèrent les marques.

– Je pense qu'on ferait mieux d'y aller, dit enfin Javi.

Une heure plus tard, Yoshi repéra la tranchée causée par l'atterrissage en catastrophe.

Elle n'était pas difficile à voir depuis l'altitude où il se trouvait, à trente mètres de hauteur. Des kilomètres d'arbres abattus, avec des débris et des bagages dispersés partout. Une incroyable destruction. Il se demanda combien de temps il faudrait à la jungle pour la faire disparaître.

Pour les faire tous disparaître.

Il redescendit vers les autres et leur indiqua la direction.

– L'avion est par là. À une trentaine de sauts, je pense.

Molly regarda le ruban luisant de l'eau, loin au-dessous de leurs pieds.

– Continuons à suivre le ruisseau. On verra bien s'il passe assez près du camp. On a eu de la chance. Si on meurt, ça ne sera pas de soif !

Javi posa une main sur son ventre.

– Non, mais de faim, peut-être. J'espère que les autres n'ont pas dévoré tous les bretzels.

Yoshi l'espérait sincèrement, lui aussi. Cela faisait un jour entier qu'il n'avait rien mangé et son estomac le tourmentait. À certains moments, il avait l'impression qu'une cloche lui sonnait aux oreilles ; à d'autres, il était pris de vertiges et tout ce qui l'entourait semblait enveloppé d'un halo cotonneux qui rendait le paysage encore plus irréel.

Anna ne cessait de rabâcher qu'à condition d'avoir de l'eau, on pouvait survivre deux semaines, mais après un seul jour de jeûne, Yoshi se sentait déjà prêt à goûter les baies vertes et bulbeuses qui poussaient au bord du ruisseau. Ou à tuer et rôtir l'un de ces gros oiseaux multicolores dont le cri faisait penser aux pleurs d'un nourrisson. Même les énormes insectes à la tête en forme de pomme de pin commençaient à paraître appétissants.

Il frissonna à cette idée. Quand tous les biscuits de l'avion auraient été mangés, peut-être faudrait-il en venir là...

– Encore un effort, les encouragea Molly. On y est presque.

16

Anna

Caleb fulminait.
– Vous m'avez menti !
Anna haussa les épaules.
– On a commencé par te dire la vérité, mais tu n'as pas voulu nous croire.
– Et qui pourrait gober un truc pareil ? bredouilla-t-il rageusement. Une machine antigravité ? Vraiment ?
Il braqua un regard chargé de scepticisme sur l'antigraviton. Anna se contenta de sourire. Caleb ne pouvait pas nier l'évidence. Il les avait vus arriver, rebondissant par-dessus la queue de l'avion. Le cours d'eau passait de ce côté-là, à une centaine de mètres de l'épave.

C'était presque drôle, autant qu'effrayant, de songer à quel point le ruisseau était proche de leur campement. La jungle était si dense qu'ils ne l'auraient sans doute jamais découvert sans l'antigraviton. Ils auraient pu mourir de soif à attendre l'arrivée de secours qui se trouvaient probablement à des années-lumière.

Anna serra l'appareil contre sa poitrine.

– Eh bien, voilà. Maintenant, tu sais.

Il ramassa la lance qu'il s'était fabriquée – en réalité un long bâton dont il avait aiguisé le bout – et la pointa sur elle.

– Vous ne pouvez pas partir comme ça sans prévenir ! Ni rester toute la nuit dans la jungle !

Trop occupés à s'empiffrer de bretzels et de cacahuètes, les autres ne répondirent même pas. Oliver leur faisait passer des paquets de chips. Il avait l'air extrêmement soulagé de leur retour.

Anna grignota un petit bout de la barre énergétique qu'elle avait prise dans un kit de survie. Ce n'était pas sain de manger trop vite lorsqu'on était affamé.

– On a retrouvé Yoshi, et on a trouvé de l'eau potable, rétorqua-t-elle posément. On a découvert une liane carnivore et compris que nous sommes sur une autre planète. C'était une expédition très utile.

Caleb poussa un gémissement excédé.

– Une autre planète ? Vous vous fichez de moi ?

Yoshi, qui s'était placé un peu à l'écart avec Akiko et Kira, prit la parole.

– Les filles ont vu les deux lunes, elles aussi. Ce matin, quand la brume s'est dissipée. Elles ont essayé de te le dire.

Kira leva son carnet de croquis et Anna alla regarder. Quand elle s'était réveillée avec Javi, le brouillard était retombé et ils n'avaient pas pu les voir.

Le dessin représentait bien deux lunes. L'une en croissant et l'autre pleine. Molly leur avait dit qu'il y en avait une rouge et une verte, mais Kira n'avait pas de crayons de couleur.

– Tout ce que vous avez vu, ce sont des lumières dans le ciel ! s'exclama Caleb. Et ce ne sont pas des lunes, parce que nous ne sommes pas sur une autre planète !

– Elles ressemblaient vraiment à des lunes, répliqua tranquillement Molly.

– Et si c'étaient des avions partis à notre recherche, hein ? Vous avez essayé de leur faire signe ?

Molly leva les yeux au ciel.

– Tu veux dire, agiter les bras et crier « Ohé ! Les lunes ! Par ici... » ?

Caleb se massa les tempes comme si le simple fait de l'entendre lui donnait la migraine.

– Tu devrais demander à Yoshi de t'expliquer sa théorie, reprit Anna. Dans le genre bizarre, elle est encore meilleure.

– On n'a pas besoin de théories. Ce qu'il nous faut, c'est de la nourriture ! s'écria Caleb en levant sa lance vers le ciel blanc. Et un moyen d'envoyer des signaux à ces avions de secours ! On devrait faire un énorme feu, pour que la fumée monte au-dessus de la brume. En se mettant assez loin de l'épave pour ne pas risquer de tout faire exploser.

Molly haussa les épaules.

– Un feu, oui, c'est une bonne idée, pour la nuit.

Elle jeta un regard de côté à Anna. Cette dernière comprit aussitôt qu'elles avaient pensé à la même chose, au même moment. *Évitons de parler de la bête qui mugissait comme une corne de brume, ou des traces de griffes à trois mètres de hauteur sur le tronc de l'arbre, surtout devant Oliver.*

– Il vaut mieux manger cuit que cru, c'est plus sûr, reprit Anna. J'ai quelques idées sur ce qu'on pourrait essayer en premier.

– Aujourd'hui ? interrogea Javi, la bouche pleine. Pourquoi courir le risque de tester un truc extraterrestre alors qu'on a encore des bretzels terriens ?

– Parce que, lui expliqua Anna, tu ne veux pas être sur le point de mourir de faim au moment où tu goûteras une substance inconnue pour la première fois. Si jamais ce que tu manges te rend malade comme un chien, tu seras bien content d'avoir des bretzels pour te remettre.

Javi devint tout pâle. Quant à Caleb, il tourna les talons et s'éloigna en secouant la tête.

Pendant que Caleb s'affairait à son feu, les autres survivants se réunirent au bord du ruisseau, à un endroit où le sol nu ne pouvait dissimuler aucune étrangliane. Kira et Akiko commencèrent à remplir des bouteilles d'eau tandis qu'Anna préparait les baies qu'elle avait ramassées pour son expérience.

Elle les avait réparties en trois tas : les vertes, qui poussaient le long du ruisseau ; à côté, les bleues, récoltées dans le sous-bois ; et les rouges, qui ressemblaient à du pop-corn.

Avec un peu de chance, ils trouveraient au moins une espèce qui aurait bon goût et aucune ne contiendrait de poison mortel.

— Il faut toujours commencer par les baies, dit-elle.

— Pourquoi ? interrogea Molly, les bras croisés.

Anna sourit. Expliquer la biologie à Molly, qui détestait tout ce qui était visqueux et charnu, était généralement divertissant.

— Le rôle des baies, c'est d'être comestibles. C'est une question de reproduction.

— Enfin un moment croustillant ! rigola Javi.

Anna ne lui accorda aucune attention.

— Les baies doivent avoir bon goût pour que les animaux aient envie de les manger. Ce sont eux qui vont transporter leurs graines dans leur estomac et les répandre sur le sol avec de l'engrais en prime. En d'autres termes, les fruits sont le moyen qu'ont trouvé les plantes pour propager leurs semences en s'assurant qu'elles soient enrobées de bon caca fertilisant.

— Beuh... Pas si croustillant que ça, finalement, dit Javi.

— La nature est bizarre, acquiesça Molly.

Yoshi traduisait pour Akiko et Kira, qui n'eurent pas l'air plus enthousiastes que Javi.

— Donc, si je comprends bien, les plantes veulent qu'on mange leurs fruits, reprit Oliver. Dans ce cas, pourquoi il y en a qui sont vénéneuses ?

— Pour éloigner certains animaux, expliqua Anna. Les piments, par exemple, ont de toutes petites graines que les dents des mammifères écrasent trop facilement. Ces piments se reproduisent mieux si ce sont des oiseaux qui les mangent.

Alors ils ont évolué pour être trop piquants pour la langue des mammifères.

– Parce que les oiseaux aiment ce qui brûle ? s'étonna Molly.

Anna sourit.

– Détail amusant : les oiseaux n'ont pas de papilles gustatives.

– Mais je suis un mammifère et j'adore le piment ! s'exclama Javi.

– C'est aberrant, et c'est là que les humains sont trop forts, rétorqua Anna. Nous, on consomme des substances toxiques par plaisir.

– Ça, c'est vrai, s'exclama Javi avec un sourire satisfait. Une fois, j'ai mangé tout un bocal de piments jalapeños ! J'aimerais bien voir un tigre en faire autant !

– Les tigres ont mieux à faire, riposta Anna.

Molly réfléchit.

– Donc si on évite ce qui brûle ou ce qui a mauvais goût, tout devrait bien se passer ?

Anna hésita. Il y avait beaucoup d'exceptions à la règle. L'évolution, c'était un peu comme si, pour obtenir le meilleur résultat, des milliards de microprocesseurs implantés à l'intérieur des cellules du vivant faisaient chacun tourner une légère variation de leur code ADN. Le processus était forcément compliqué.

Mais pour éviter qu'ils meurent tous de faim, il valait mieux leur présenter les choses simplement. Dans certaines circonstances, un petit mensonge était nécessaire.

— Si ça a bon goût, ça ne vous tuera pas, affirma-t-elle. Si vous avez un doute, crachez.

Yoshi termina de traduire pour Kira et Akiko, puis se tourna vers elle.

— Si on est vraiment sur une autre planète, demanda-t-il, qu'est-ce qui nous dit que ce qu'on trouve ici est bon pour nous ?

— Ce qu'on voit est très proche de ce qu'on connaît, répondit Anna. Il y a des oiseaux, des arbres, des insectes. Et si ça ressemble autant à la vie sur Terre, ça veut sans doute dire que c'est la même matière de base. Tant que les protéines sont semblables, on peut survivre.

Yoshi n'avait pas l'air très convaincu, mais il traduisit son explication pour Akiko et Kira. En vérité, Anna n'était pas tout à fait sûre de ce qu'elle avançait. Les phénomènes d'évolution convergente étaient monnaie courante sur Terre : des animaux similaires naissaient souvent de souches génétiques différentes. La plupart des écosystèmes avaient plus ou moins le même aspect, des prédateurs qui trônaient au sommet de la chaîne alimentaire jusqu'aux organismes situés tout en bas.

Mais sur une autre planète ?

Sa seule certitude, c'était qu'ils n'avaient pas le choix : ils devaient mettre sa théorie à l'épreuve ou mourir de faim. Et qu'elle se sentait fière d'avoir réussi à garder ces inquiétantes réflexions pour elle.

— Alors c'est vrai ? On est vraiment sur une autre planète ? questionna Oliver.

– On ne peut pas en être tout à fait sûrs, répondit Molly, mais c'est la seule explication possible quand on analyse les données.

– Donc, ça veut dire qu'on est à des années-lumière de la Terre, souffla-t-il à voix basse, et qu'on ne rentrera jamais chez nous.

– Bien sûr que si ! s'exclama Molly. On est arrivés ici, il y a donc forcément un moyen d'en repartir.

– Si des gens nous ont amenés dans cet endroit, par téléportation ou autrement, dit Javi, ils peuvent nous renvoyer chez nous de la même manière.

Anna se creusa la tête, à la recherche de quelque chose à ajouter, mais ne trouva aucun argument valable. Javi avait peut-être raison. Il se pouvait qu'ils soient arrivés dans cette jungle au moyen d'un ingénieux téléporteur. Mais s'ils avaient été transportés alors qu'ils étaient congelés et inconscients, et que le voyage avait duré une centaine d'années ?

Peut-être avaient-ils déjà tout perdu, sans le savoir ?

Oliver se contenta de pousser un soupir.

– Bon, d'accord. Goûtons. Qui commence ?

– On va tirer au sort, dit Anna.

Elle leur montra cinq pailles trouvées dans les cuisines de l'avion et en planta une dans le tas de baies vertes pour la colorer. L'heureux gagnant débuterait par celles-ci.

Kira éleva la voix, et après une discussion brève mais animée, Yoshi se tourna vers eux.

– Elle dit qu'il manque deux pailles. Elles veulent nous aider.

Anna échangea un regard avec Molly. Avoir inclus Oliver leur paraissait déjà assez difficile, mais tester des baies potentiellement vénéneuses sur les deux jeunes Japonaises semblait carrément injuste. Cependant, Kira serrait les poings comme si elle était prête à se battre, et Akiko elle-même, malgré sa timidité, la fixait d'un regard résolu.

– Bon, d'accord, dit finalement Molly.

Anna sortit deux pailles supplémentaires de sa poche.

Après tout, ils étaient tous embarqués dans le même bateau.

– Peu importe qui tire en premier, marmonna Javi. Je suis sûr que c'est sur moi que ça va tomber. Le hasard me déteste.

– Le hasard ne peut pas choisir, le reprit Oliver. C'est sa nature.

– Mes dernières paroles seront : « Je te l'avais bien dit. »

– Respecte les pailles et elles te respecteront, riposta Oliver en avançant la main.

Anna le dévisagea avec une certaine surprise.

– J'aime autant passer en premier, fit-il avec un haussement d'épaules fataliste. Les chances sont les mêmes, mais au moins je ne serai plus stressé… Enfin, j'espère.

D'un geste vif, il tira sur une paille, et ouvrit de grands yeux.

Pas de trace de jus de baies.

– Félicitations, dit Molly. Garde-la. Si les vertes ne sont pas comestibles, il va falloir continuer jusqu'à ce qu'on trouve.

Le sourire d'Oliver pâlit un peu. Anna se sentit rassurée qu'il ne soit pas le premier.

Molly étudia les pailles un long moment, en marmonnant des choses indistinctes, mais quand elle tira finalement la sienne, elle était propre. Elle eut l'air déçue, comme si elle avait espéré être la première.

Là encore, ce fut un soulagement pour Anna, même si cela réduisait ses chances. Ils avaient tous besoin que Molly reste en parfaite santé.

Anna n'avait envie de voir mourir personne, évidemment. Ni les plus jeunes, ni Javi, ni elle. Et surtout pas Yoshi. Un stupide empoisonnement par des baies semblait une mort terriblement médiocre pour quelqu'un d'aussi doué à l'épée.

– Vous perdez votre temps, insista Javi. C'est sur moi que ça va tomber, c'est sûr !

– Tu as vingt pour cent de chances, dit Oliver, comme tous ceux qui n'ont pas encore tiré.

– À propos, lança soudain Yoshi, comment se fait-il que Caleb ne soit pas là ?

– Il ne ferait que nous gêner, rétorqua Molly.

– Mais ce n'est pas juste, protesta Oliver.

Molly poussa un profond soupir.

– Il n'a pas voulu nous croire, pour les étranglianes, et il est parti chercher du bois dans la jungle, ce qui est sûrement plus dangereux que de goûter quelques baies.

– Surtout que c'est moi qui... commença Javi.

Il se tut en voyant Kira approcher, le regard braqué sur les pailles.

Elle tendit la main et Anna eut un léger mouvement de recul, mais Kira la fixa droit dans les yeux, avec quelque chose de féroce dans l'expression qui lui ôta toute envie de résister. Seul le hasard faisait qu'ils étaient encore en vie. Dans une semaine, ils seraient peut-être tous morts. Victimes de la faim ou d'un virus extraterrestre. Déchiquetés par ces affreux oiseaux, ou dévorés par les lianes carnivores, ou pire encore.

S'empoisonner était peut-être une manière plus douce de partir.

Anna lui présenta les pailles et Kira en choisit une.

Son extrémité était tachée de jus.

17

Javi

– Oh, fit Javi.

Kira ne quittait pas des yeux la paille tachée de vert. Au bout d'un long moment, un léger sourire se dessina sur son visage. Akiko semblait sur le point d'éclater en sanglots.

– Peut-être qu'il faudrait... commença Molly.

Yoshi lui coupa la parole.

– Elle est trop jeune. C'est moi qui vais le faire.

Kira devait avoir saisi le sens de sa phrase, car elle se lança dans une diatribe enflammée en japonais, tout en lui agitant sa paille devant le nez.

Elle n'avait aucune intention de se laisser écarter. Sa mèche blanche luisait à la lumière du soleil.

Javi fit un pas de côté vers le tas de baies. Elles avaient l'air bien mûres et sucrées, et ses papilles commençaient à en avoir assez des bretzels.

– Laissez-moi faire, plaida Molly. C'était mon...

– Tu as déjà tiré ta paille ! coupa Yoshi.

Il passa au japonais et continua à se disputer avec Kira.

Javi tendit la main. C'était facile, vraiment, parce qu'il

avait toujours cru que ça tomberait sur lui. Il ne gagnait jamais à pierre-feuille-ciseaux ni à pile ou face. Même lorsqu'il jouait à am-stram-gram quand il était petit, c'était lui qui perdait. Kira avait juste troublé l'ordre naturel des choses.

Et puis il avait vraiment faim et ces baies paraissaient très appétissantes.

Il en choisit trois. Il les croqua et leur jus se répandit dans sa bouche... Elles étaient affreusement mauvaises.

Elles avaient une saveur âcre et métallique, comme s'il s'était collé des pièces de monnaie sur la langue, avec un arrière-goût fleuri et poussiéreux qui rappelait l'odeur de la craie mêlée à celle de la savonnette de sa grand-mère. Et par-dessus tout, une épouvantable amertume qui le fit grimacer.

Son expression devait être éloquente, parce que les autres se turent instantanément.

Il voulut prendre une inspiration. Mauvaise idée. Une puanteur d'œuf pourri agressa son palais.

Les yeux pleins de larmes, il sentit la main de Molly se poser sur son épaule.

– Ça va ?
– Crache ! cria Anna.

Il ouvrit la bouche, toussa et réussit à expectorer un paquet verdâtre et baveux. Les autres firent un bond en arrière comme s'ils s'attendaient à ce que la chose leur saute au visage.

Le goût s'accrochait à sa langue et ne voulait pas s'en aller. Javi avait l'impression que des tentacules s'étiraient lentement dans sa gorge et descendaient vers son estomac. Chaque fois qu'il réussissait à prendre une inspiration, la pestilence d'œuf pourri devenait plus intense. Sa vision se brouilla et il sentit ses genoux trembler.

– Javi ! Bois ça ! cria Molly.

Elle lui agitait quelque chose devant la figure. Une bouteille d'eau. Il la repoussa. Boire ne ferait qu'entraîner les tentacules acides plus bas, jusqu'à son estomac.

Ils l'atteignirent tout de même, et ce fut comme si un interrupteur s'activait. Tout son corps se convulsa et l'intégralité de ce qu'il avait avalé depuis qu'ils étaient revenus au camp remonta. Une marée chaude et salée lui noya la gorge, lui inonda la bouche et jaillit en un jet saccadé.

Deux nouveaux spasmes le secouèrent de la tête aux pieds, entraînant les derniers résidus. Un instant plus tard, Javi se retrouva à genoux dans la poussière, recroquevillé sur lui-même, haletant et se tenant le ventre à deux mains.

– Heu... Ça va mieux ? demanda Molly, qui avait prudemment reculé de trois mètres.

Il ne répondit pas. La simple idée de contracter ses muscles abdominaux pour prononcer ne serait-ce qu'une parole lui semblait insupportable.

Le plus étrange, c'était qu'il ne se sentait pas si mal.

Il éprouvait une sensation de propreté intérieure et sa vision avait retrouvé toute sa clarté. C'était comme si les larmes lui avaient lavé les yeux. Même ses sinus étaient dégagés. La bouillie de bretzels semi-digérés qui s'étalait sur le sol de la clairière répandait une odeur particulièrement revigorante, même si elle n'était pas très plaisante.

– Je survivrai, balbutia-t-il.

– Waouh... Ça n'a pas traîné, commenta Anna. On dirait presque que ces baies sont faites pour faire vomir.

Elle s'agenouilla auprès de lui pour l'examiner.

– Pour autant que je puisse le voir, tes pupilles sont normales. C'est parfait.

Javi la dévisagea d'un œil incrédule.

– Quelle est exactement la définition du mot « parfait » selon toi ? Parce que moi, je ne leur décernerais pas plus d'une étoile, à ces baies !

– Désolée. Ce n'est pas très marrant de dégobiller, mais c'est juste ce dont nous avions besoin pour nos tests !

Elle leva les yeux vers Molly.

– Si quelqu'un s'empoisonne, on pourra se servir de ces baies pour lui faire tout recracher. C'est comme avoir un lavage d'estomac express à disposition !

– Exactement le truc dont je rêvais ! ironisa Javi.

Il se redressa et voulut prendre une bouteille d'eau. Kira s'accroupit devant lui et le regarda gravement dans les yeux. Puis elle leva la main... et lui administra une pichenette sur le nez.

– Aïe ! protesta-t-il. Qu'est-ce qui te prend ?

Elle répliqua en japonais. Yoshi sourit.

– Elle a dit : « Attends ton tour et arrête de jouer les héros. » Mais moi, je pense quand même que tu as été très courageux.

Il s'inclina gravement. Javi n'avait jamais vu personne s'incliner devant lui, à part pour plaisanter, mais, de la part de Yoshi, ce geste lui parut à la fois solennel et sincère.

– Merci.

– Kira dit qu'elle veut être la prochaine, annonça Yoshi, et après ce sera moi.

– J'ai l'impression que personne ne respecte le tirage au sort, protesta Oliver.

– Peut-être que ce n'était pas le meilleur moyen d'arriver à une décision, dit Molly. Après vous, c'est moi, les amis.

– Ce ne sera pas nécessaire, Molly, dit Anna. Il ne nous reste que deux sortes de baies. Mais ne vous inquiétez pas ! Il y a des tas de trucs bizarres à tester. On n'a pas encore essayé les oiseaux, et ces gros insectes verts pourraient être une bonne source de protéines. Le temps qu'on ait fait le tour de la question, vous envierez peut-être Javi.

– Je n'en suis pas si sûr, fit l'intéressé en se remettant debout.

Il avait les jambes flageolantes et un goût affreux sur la langue. Le relent de savonnette de grand-mère avait disparu, mais l'âcreté des acides gastriques était encore là. Il se détourna pour ne pas voir la bouillie de bretzels sur le sol.

Il fit quelques pas et se laissa lourdement tomber sur un gros rocher.

Yoshi était en train de discuter avec Kira. Il lui indiquait les deux tas de baies. Elle se pencha pour les étudier d'un peu plus près et les renifler.

Au bout d'un moment, elle se décida pour les rouges. Elle en prit quelques-unes, les mit dans sa bouche et ferma les yeux.

Elle les mâcha un instant, puis rouvrit les paupières.

– *Omoshiroi*, dit-elle.

– Intéressant, traduisit Yoshi.

Javi but une gorgée d'eau et s'adossa au rocher.

– *Omoshiroi*, répéta-t-il.

Voilà un mot japonais qu'il n'était pas près d'oublier.

Kira mangea une seconde poignée de baies, puis elle leva sa main tachée de jus et frotta sa mèche blanche, qui vira à l'écarlate.

Ce résultat la fit sourire, et Akiko la serra dans ses bras.

– À moi, dit Yoshi.

Il s'approcha des baies bleues, en choisit une avec circonspection et, après une profonde inspiration, la mit prudemment dans sa bouche et croqua. Il en prit aussitôt une deuxième.

– Hé ! Celles-ci sont super bonnes !

Il tendit la main avec un regard affamé.

– Doucement, l'arrêta Anna. Vous devriez attendre une heure ou deux, tous les deux, pour qu'on soit tout à fait sûrs qu'elles ne contiennent pas un poison à action lente. Et s'il se produit quoi que ce soit de bizarre ou si vous ne vous sentez pas bien, dépêchez-vous d'avaler l'une des baies de Javi pour vous faire vomir.

– Elles ne s'appellent pas « les baies de Javi » ! protesta ce dernier. En tant que découvreur, je refuse qu'on leur donne ce nom-là !

Anna se mit à rire.

– D'accord. Alors comment elles s'appellent, en vrai ?

Javi prit le temps d'y réfléchir.

– À partir de maintenant, on les appellera... dégobillettes !

Tout le monde acquiesça, et Javi but une nouvelle gorgée d'eau, avant de fermer les yeux.

Son œuvre était accomplie.

18

Yoshi

– Ça compte quand même, Kira, dit Yoshi. Même si tu n'as pas vomi.

– Ne bouge pas.

Elle leva le nez de son carnet de croquis et fit la grimace devant la pose qu'il avait prise. Pendant qu'ils attendaient de voir si les baies étaient toxiques, elle avait décidé de dessiner son portrait en pied.

– J'espère que ce garçon va bien, dit Akiko.

– *Ha-bi*, articula Yoshi.

Le nom de Javi n'était pas vraiment prononçable en japonais, mais c'était une approximation assez correcte.

– Il est agaçant, dit Kira. Il m'a volé ma gloire.

Yoshi se mit à rire, mais Kira le fit taire d'un froncement de sourcils courroucé. Il reprit la pose, les yeux tournés vers l'avion avec une expression d'émerveillement, la main sur la garde de son sabre.

– Il n'avait pas l'air très glorieux, quand il a vomi, commenta Akiko.

Elle jeta un regard au tronc d'arbre couché, à côté d'elle,

sur lequel attendait une pile de dégobillettes vertes, en cas d'urgence.

– Nous n'en aurons pas besoin, la rassura Yoshi. Joue encore, s'il te plaît.

Akiko sourit et reprit sa flûte. En réalité, ce n'était pas vraiment la sienne. Elle l'avait trouvée dans le placard réservé au personnel de bord. Son instrument était probablement perdu quelque part au milieu du sillage de débris abandonnés par l'avion.

Elle se mit à jouer un air lent et très doux, et Yoshi se laissa bercer par la musique. Attendre comme un rat de laboratoire était déjà assez agaçant, mais poser comme un mannequin était carrément humiliant.

La faim lui donnait des vertiges. Vu le temps qui s'était écoulé, il était évident que les baies « intéressantes » de Kira n'étaient pas mortelles, et les bleues qu'il avait goûtées étaient non seulement inoffensives, mais aussi délicieuses. Il aurait voulu pouvoir en manger un millier, mais il avait promis à Anna d'attendre le coucher du soleil.

Le coucher du soleil.

Il crispa la main sur son katana en se remémorant le bruit qu'il avait entendu durant la nuit. L'énorme bête qui se frayait un chemin dans la jungle. Depuis qu'il avait vu le tronc marqué de griffures qu'avait trouvé Javi, Yoshi était beaucoup moins certain que ce tapage dans les broussailles n'était qu'un produit de son imagination. Certains prédateurs ne chassaient-ils pas seulement la nuit ?

Les ombres commençaient à s'allonger et la forêt bruissait, pleine de vie.

— Tu en as encore pour longtemps ? interrogea-t-il.

Le crissement du crayon ne s'interrompit pas.

— Aussi longtemps qu'il me faudra, riposta Kira.

Akiko leva les yeux sans cesser de jouer et lui adressa un haussement d'épaules en guise d'excuses.

— Nous perdons notre temps, reprit Yoshi. Nous avons de la nourriture et de l'eau. Nous devrions essayer de comprendre un peu cet endroit.

Akiko s'arrêta.

— Tu crois vraiment que nous sommes sur une autre planète ?

— Tu as vu les lunes, dit Kira.

— Ça pourrait être des ballons météorologiques. Ou des avions qui nous cherchent ! répondit Akiko.

— C'est ce que pense Caleb, rétorqua Yoshi. Mais cette jungle, ces animaux... Rien de tout ça ne ressemble à la Terre. Et la cascade d'où part notre cours d'eau... il y a quelque chose derrière.

Kira s'arrêta de dessiner.

— Qu'est-ce que tu veux dire ?

— Quand j'étais là-bas, j'ai entendu quelque chose sur ma radio. Rien que des bips, mais il y avait une séquence. (Il ferma les yeux pour tenter de se souvenir.) Et j'ai senti quelque chose, aussi. Une vibration dans le sol, dans l'air. Comme s'il y avait une machine géante à l'œuvre. Cet endroit n'est pas immobile. Il bouge et il change autour de nous.

Il rouvrit les paupières. Kira l'observait attentivement.

– Intéressant, dit-elle.

Apparemment, c'était son mot favori. Elle avait écrasé une poignée de baies « intéressantes » et frotté sa mèche décolorée avec, qui était d'un rouge lumineux à présent.

– J'ai l'intention de retourner à la cascade et de découvrir ce qui se cache derrière, déclara Yoshi. On ne peut pas rester assis ici sans rien faire, à attendre de se faire avaler par cette jungle !

Kira fronça les sourcils.

– Mais si tu te perds, nous n'aurons plus de traducteur.

– Comme c'est dommage.

– Je voulais seulement dire que ton japonais est excellent.

Yoshi se redressa, piqué au vif.

– Je suis né à Tokyo.

– Mais tu es métis, pas vrai ?

– Ma mère est américaine, reconnut-il à mi-voix.

Kira hocha la tête comme si ses soupçons venaient de se confirmer.

Yoshi se tourna vers l'épave et reprit la pose, en s'efforçant d'adopter un visage impassible. Il était habitué à être considéré comme une curiosité, un excentrique, un défi à la logique et au bon sens. Il serait toujours cet étranger qui parlait trop bien le japonais pour être honnête. Il n'entrait pas dans les cases, et cela rendait les gens nerveux.

Il se demanda si Kira dessinerait son visage différemment, maintenant qu'elle savait.

– Ils te manquent ? interrogea-t-elle.

– Mes parents ? Je me suis disputé avec ma mère juste avant de partir et mon père m'attendait pour me passer un savon à l'arrivée, répliqua-t-il avec un haussement d'épaules.

– Pauvre Yoshi-chan. C'est pour ça que tu as l'air si mélancolique ? fit Kira en secouant la tête.

Il ne répondit pas. Le plus bizarre, c'était qu'il avait à peine pensé à sa maison et à ses parents depuis l'accident. Il se souvenait de sa vie à New York et des regrets qu'il avait éprouvés dans l'avion, mais il lui semblait à présent que tout cela remontait à une centaine d'années.

Pourquoi aurait-il voulu passer son temps assis, à parler de mangas, alors qu'il était plongé dans une histoire qui valait tous les mangas du monde ?

– Et vous, vos parents ? demanda-t-il.

Akiko s'arrêta de jouer pour lui répondre.

– Ça fait un mois que nous ne les avons pas vus. Nous étions en Suisse pour apprendre les bonnes manières dans un pensionnat.

– Une punition pour moi. Une récompense pour elle, commenta Kira avec une grimace exaspérée.

– C'était merveilleux ! s'exclama Akiko. On nous a tout enseigné sur le protocole et sur l'art d'embrasser une dame sur la joue sans la toucher, et nous parlions français tout le temps !

– Et sur la bonne façon de mettre la table, maugréa Kira. Ils ont tellement de fourchettes !

Akiko était sur le point d'en dire plus, mais un oiseau descendit en voletant pour se poser sur le rebord de l'aile de l'avion. Il lança une vocalise qui s'acheva sur un trille ascendant. C'était l'un des siffleurs, comme les appelait Anna, les seuls dont le chant ressemblait à ceux des oiseaux terriens.

Akiko prit sa flûte et reproduisit les notes, sur une gamme un petit peu plus aiguë. L'oiseau l'écouta en inclinant la tête sur le côté.

– Presque, dit Yoshi.

Akiko rejoua la mélodie, parfaitement cette fois.

Yoshi sourit pour l'encourager. Cet instrument leur serait peut-être utile. Les chasseurs de canards se servaient bien d'appeaux pour attirer leurs proies.

Il resserra les doigts sur la poignée de son sabre.

Kira, qui l'observait, reprit à voix basse.

– Les autres sont trop froussards pour partir en exploration avec toi.

– Ils sont déjà allés jusqu'à la cascade.

– Parce qu'ils te cherchaient.

Yoshi ne quittait pas l'oiseau des yeux.

– Ce sont des ingénieurs. Ils sont curieux.

– Les ingénieurs ne sont pas curieux. Ils sont prudents. C'est même pour ça que les ponts ne s'effondrent pas. En général.

Yoshi ne put que sourire à cette remarque. Il fallait reconnaître que Molly discutait toujours longuement avant de prendre une décision. Elle voulait des théories et des hypothèses. Comment la convaincre qu'il était nécessaire d'explorer cette jungle, en dépit des monstres inconnus qui y rôdaient? Et d'aller au-delà de la cascade, pour découvrir l'origine de ce signal radio ? Et d'enquêter sur les bosquets circulaires, malgré la menace des déchiqueteurs ?

Des cris résonnèrent au loin. Les autres étaient allés aider Caleb à bâtir son feu d'alerte que personne ne verrait jamais. Yoshi soupira. Encore une perte de temps.

À moins que la bête à la voix de corne de brume n'ait peur du feu. C'était probablement la raison pour laquelle Molly avait accepté de lui prêter main-forte.

L'oiseau siffleur descendit de son perchoir et vint se poser sur le tronc couché, tout près d'eux. Il se tourna vers Akiko et la considéra d'un œil curieux.

– Tu auras besoin de leur appareil pour ton exploration, reprit Kira, et ils ne te le prêteront pas. Parce que tu es parti tout seul et qu'ils ont dû aller te sauver.

– Ils n'ont rien sauvé du tout. C'est moi qui les ai sauvés de l'étrangliane. Et c'est moi qui ai trouvé l'eau.

– Ce n'est pas comme ça qu'ils le voient.

– Comment tu le sais ? Tu ne comprends même pas ce qu'ils disent.

– Je n'ai pas besoin de parler leur langage. Ils se croient plus malins que tout le monde. C'est pour ça qu'ils ne peuvent rien faire sans discuter pendant des heures.

Yoshi ne pouvait pas la contredire sur ce point.

L'oiseau se rapprocha ; Akiko s'arrêta de jouer et laissa échapper un petit rire.

– Continue, l'encouragea Kira à mi-voix.

Elle jeta un regard à Yoshi, la main posée sur la garde de son sabre, et lui adressa un léger sourire.

Akiko rejoua le trille et cette fois l'oiseau lui répondit. Il sautilla le long du tronc en direction des dégobillettes. Il était désormais tout proche.

Une odeur de fumée leur parvint, accompagnée de cris de joie. Caleb avait enfin réussi à allumer son feu.

Un feu pouvait servir à toutes sortes de choses... Cuire des aliments, par exemple.

Yoshi fit glisser la moitié de son katana hors du fourreau. La lame fraîchement huilée coulissa sans aucun bruit. L'oiseau ne s'intéressait plus qu'aux baies, à présent. Les yeux clos, Akiko l'écoutait chanter.

L'arbre était très vieux et son bois dur comme fer, mais si Yoshi effectuait une coupe horizontale, en *suihei*, comme à l'entraînement, il n'endommagerait pas sa lame.

L'oiseau sautilla encore plus près du tas de baies vertes et se pencha pour picorer.

D'un geste fluide, Yoshi dégaina et frappa. Le katana étincela. Sa proie bondit vers le ciel avec un pépiement aigu, en abandonnant une poignée de plumes qui s'éparpillèrent dans les airs. Une fraction de seconde plus tard, l'oiseau s'écrasait sur le sol, où il se débattit comme s'il était tombé dans une poêle d'huile fumante, en répandant du sang partout et en poussant des cris stridents. Akiko laissa échapper sa flûte et se mit à hurler.

Yoshi s'approcha, posa un pied sur la queue agitée de soubresauts et transperça la poitrine de l'animal de la pointe de son katana, en le clouant au sol.

Au bout d'un long moment, interminable, la petite bête cessa enfin de bouger.

Akiko éclata en sanglots et Kira se précipita pour la prendre dans ses bras.

– Désolé, dit Yoshi.

Il n'avait pas voulu lui faire peur. Mais c'était de la nourriture. Cet oiseau représentait une chance de survie.

Tout en serrant sa sœur contre elle, Kira leva les yeux et lui sourit.

Yoshi soupira et arracha son sabre du sol. Le sang qui teintait sa lame était rouge, comme celui de tous les animaux terriens. Anna avait peut-être raison. Les bêtes qui peuplaient cette forêt étaient sans doute suffisamment proches de celles qu'ils connaissaient pour être comestibles.

La fumée se répandait dans la jungle et son odeur attisait la faim de Yoshi. Il ramassa l'oiseau par une aile et se dirigea vers la clairière où crépitait le feu.

Voilà comment on survivait. Pas avec des théories et des hypothèses. On utilisait son sabre pour attraper son dîner, sans pérorer pendant des heures, et on le faisait cuire sur le même feu qui vous servait à vous protéger des monstres.

Yoshi avait bien l'intention de découvrir ce qui se cachait derrière la cascade, que les autres aient envie de le suivre ou pas. Même s'il devait, pour cela, leur voler la machine antigravitationnelle.

– Yoshi-chan ! appela Kira.

Il se retourna. Elle drapait toujours un bras protecteur autour des épaules de sa sœur, mais de l'autre main elle lui tendait une poignée de dégobillettes.

– Au cas où la viande serait empoisonnée, dit-elle doucement.

L'oiseau eut un dernier soubresaut et Yoshi faillit le lâcher. Comment pouvait-il être encore vivant ?

Il retourna chercher les baies.

19

Molly

– Encore raté.

Molly redescendit lentement vers le sol en traînant derrière elle son filet improvisé qui flottait au vent.

– C'est très bizarre, dit Anna depuis l'endroit où elle s'était placée en observation, à l'orée du sous-bois. On dirait presque que ces bestioles ont appris à voler en micropesanteur.

– Ce filet ne sert à rien, répéta Caleb, pour la dixième fois au moins. On ferait mieux de leur lancer des cailloux.

Molly observa comment s'y prenait l'oiseau siffleur qui venait de lui échapper. Quand il atteignit la limite de portée de l'antigraviton, ses battements d'ailes redevinrent normaux, comme si de rien n'était.

Comment ce volatile arrivait-il à se débrouiller dans un champ de distorsion gravitationnelle ?

– Préparez-vous à la pesanteur ! lança Anna avant d'éteindre l'appareil.

Molly ressentit une légère nausée et ses pieds s'enfoncèrent dans la terre meuble. Elle était fatiguée, remplie de courbatures, et ses vêtements empestaient la fumée. Peut-être fallait-il se résoudre à déclarer forfait ?

Mais l'oiseau qu'avait attrapé Yoshi était tellement délicieux ! L'odeur qu'il dégageait en rôtissant sur le feu était si appétissante que tout le monde (excepté Akiko) s'était proposé pour le goûter en premier. À la fin, ils avaient pris le risque d'essayer tous ensemble, parce que personne n'avait la patience d'attendre.

Molly n'en avait mangé qu'un petit morceau. Malgré les quelques plumes brûlées collées dessus, la saveur de la viande cuite lui avait paru merveilleuse après deux jours de bretzels et de barres protéinées.

– La faim est le meilleur des assaisonnements ! avait proclamé Javi. Même si je dois reconnaître que les baies *omoshiroi* font une sauce plutôt bonne.

C'était vrai. Les baies rouges de Kira avaient une saveur piquante et acidulée qui les rendait comparables à de minuscules oranges amères. C'était un condiment parfait.

Ils avaient passé le reste de la journée à essayer d'attraper un autre oiseau, mais sans succès. L'obscurité était arrivée sans qu'ils s'en aperçoivent. À présent, la jungle autour de leur campement était noyée dans l'ombre et résonnait de bruits mystérieux. N'importe quoi ou n'importe qui pouvait les observer dans ces ténèbres, les regarder s'agiter vainement à tenter de capturer leurs proies.

Molly s'interrogeait : valait-il mieux passer la nuit ici, sous la protection du feu, ou s'abriter dans l'avion ?

Caleb leva sa lance.

– Écartez-vous ! Je ne peux pas le louper !

– Tu as déjà manqué ton coup quatre fois, commenta Oliver avec lassitude.

– Ouais, mais j'aurai le prochain !

– Vous ne les attraperez jamais sans l'aide d'Akiko, cria Yoshi de loin.

Tout le monde tourna la tête vers lui. Il s'était installé au sommet de la colline avec les deux sœurs, près du feu. Kira les observait d'un œil amusé, mais Akiko, l'air misérable, avait posé sa flûte silencieuse à côté d'elle.

Molly les rejoignit avec tout le groupe.

– Tu as dit qu'elle ne voulait pas nous aider.

– Une journée de plus à ne manger que des baies et des bretzels la fera peut-être changer d'avis, répliqua Yoshi avec un haussement d'épaules.

– On avait vraiment besoin de ça : la joueuse de flûte de Hamelin, mais dotée d'une conscience.

Molly était encore plus affamée qu'avant d'avoir goûté la viande. À l'évidence, un seul de ces volatiles ne suffirait pas à résoudre leurs problèmes de ravitaillement.

Elle considéra l'antigraviton, dans les mains d'Anna.

– Tu crois que l'un de ces symboles commande un rayon à abattre les oiseaux ?

Le regard d'Anna s'illumina.

– Tu veux essayer ?

La proposition était tentante, mais Molly secoua la tête. Entre les expérimentations sur les baies et le rôtissage de l'oiseau, la journée avait été suffisamment riche en découvertes.

Et puis le soleil était couché. Il fallait qu'elle soit vigilante.

– Il fait trop noir pour s'amuser à dérégler les lois de la physique.

– Je suis bien d'accord. Et puis notre feu est en train de s'éteindre, approuva Caleb en plantant sa lance dans le sol. (Il leva les yeux vers le ciel embrumé.) Il faut qu'on remette du bois. C'est le moment idéal pour que les avions des secours nous repèrent.

Molly échangea un regard narquois avec Anna. Caleb s'en aperçut.

– Oui, je sais. Vous imaginez toujours qu'on est sur une autre planète. L'un de ces mondes extraterrestres où l'on trouve comme par hasard une atmosphère respirable et toutes sortes de choses à manger !

– Par opposition à une île cachée, pleine d'animaux inconnus ? ironisa Molly. Où la radio et les boussoles ne fonctionnent pas et où des engins antigravitationnels traînent n'importe où ?

Sans répondre, Caleb jeta un regard mauvais à l'anneau qu'Anna n'avait pas lâché.

– Et c'est quoi, la différence ? lança soudainement Oliver.

Tout le monde se tourna vers lui. Il avait le visage fermé, la mâchoire crispée.

– Qu'est-ce que tu veux dire ? demanda Javi avec douceur.

– Vous avez tous l'air de penser que c'est la seule vraie question, répliqua Oliver. Est-ce que c'est une planète ? Un vaisseau spatial ? Une île inconnue ? L'important, ce n'est pas où on est. C'est qu'on y est et que cinq cents autres personnes n'y sont pas ! Et les passagers qui étaient avec nous, hein ? Qu'est-ce qu'ils sont devenus ?

Personne ne trouva rien à lui répondre. Dans le silence, les bruissements de la jungle se firent plus présents.

En plus de la faim qui lui taraudait l'estomac, Molly se sentit submergée par un sentiment de vide. Par l'absence qu'elle s'était efforcée d'écarter de ses pensées en s'occupant à l'aide de théories et d'hypothèses.

– Nous n'en... commença-t-elle.

Anna lui coupa la parole.

– Lorsque l'électricité est entrée dans l'avion, dit-elle sur un ton dépourvu d'émotion, elle nous a analysés. Testés. C'est nous qu'elle a choisis, tous les huit. Et personne d'autre.

– OK, rétorqua Oliver. Donc il y a des gens qui nous ont amenés ici. *Qu'est-ce qu'ils ont fait des autres ?* Vous ne croyez pas que c'est ça, la vraie question ? Celle que vous avez tous peur de poser ?

Il marqua une pause, les poings serrés. Le feu crépitait dans l'air plus frais de la nuit.

– Parce qu'ils sont tous morts, acheva-t-il enfin.

Molly secoua la tête, comme pour conjurer le sort.

– On ne sait pas vraiment si...

– Bien sûr que tu le sais. Tu as juste peur de le dire ! Tu crois que je vais piquer une crise et me mettre à pleurer comme un bébé.

Des larmes coulaient sur son visage, mais il serrait toujours les poings.

– Et ça rend la situation encore pire!

– Quoi donc? dit Molly.

– Le fait que vous refusiez d'en parler! cria Oliver avec une grande inspiration tremblotante. On devrait au moins dire quelque chose pour M. Keating. Il était notre ami! Sans lui, on ne se connaîtrait même pas, mais vous avez trop la frousse pour admettre qu'il est mort et vous faites semblant de croire qu'il ne faut rien dire pour me protéger!

Ils se regardèrent. À la mine coupable de Javi, Molly comprit exactement ce qu'Oliver voulait dire.

Comme d'habitude, Anna fut la première à admettre la désagréable vérité.

– Tu as raison. Nous avons eu peur d'affronter la réalité et nous nous sommes servis de toi comme prétexte. Je suis navrée, Oliver.

Il la dévisagea un moment, puis hocha la tête.

– Pas la peine de t'excuser. Reconnais-le juste.

– C'est vrai, reprit Javi comme s'il venait seulement de se réveiller. Ils sont tous morts. Et ce serait bien de dire quelque chose à propos de M. Keating.

Molly essaya d'avaler la pierre qui lui bloquait la gorge. C'était sa faute. Ça avait bien marché à bord de l'avion, quand elle avait réussi à distraire Javi de ses appréhensions, mais cinq cents personnes avaient disparu, et on ne pouvait pas déguiser les faits en se cachant derrière des questions de culture générale.

De tout le groupe, elle était pourtant celle qui aurait dû en avoir le plus conscience. Après la mort de son père, sa mère avait refusé d'en parler. Au fil du temps, elle était devenue si douée pour le silence qu'elle avait complètement cessé de s'exprimer.

Molly se rendait compte qu'elle avait essayé de faire la même chose avec Oliver.

– Je suis désolée, dit-elle en prenant une profonde inspiration. Et je suis encore plus désolée d'avoir insisté et convaincu ta mère de te laisser nous accompagner, Oliver.

Il réussit à sourire.

– Tu ne pouvais pas deviner que l'avion allait s'écraser.

Molly haussa les épaules. Évidemment, il y avait seulement une chance sur dix millions pour que ça se produise, mais maintenant c'était à elle de régler le problème, si elle le pouvait. Voilà ce que ça voulait dire, être chef d'équipe.

– Bon, alors… commença-t-elle. M. Keating… Il était vraiment génial. Il nous a appris à être des ingénieurs et à penser par nous-mêmes. Il n'est peut-être plus là, mais c'est grâce à lui que la Team Killbot va s'en sortir.

Elle se tourna vers Javi, qui toussota.

– Je n'avais pas vraiment d'amis à l'école avant de faire votre connaissance. Tous les dimanches soir, j'avais mal au ventre en pensant au lundi matin, et je me sentais toujours tellement seul. Maintenant, je suis heureux d'y aller, et je peux remercier M. Keating pour ça.

Oliver prit la parole à son tour, d'une voix tremblante, comme s'il avait répété une centaine de fois dans sa tête.

– Il m'a démontré qu'avec les maths, on pouvait construire des robots. Avant ça, je pensais que j'étais un gros loser. Maintenant, je n'en suis plus aussi sûr.

Il se tut, incapable d'en dire plus; il pleurait à chaudes larmes, à présent.

Molly jeta un regard à Anna, en espérant qu'elle ne se sentirait pas forcée de parler. Partager ses sentiments n'était pas vraiment son fort, particulièrement dans des moments pareils, où il était facile de commettre une maladresse. Mais Anna prit une inspiration.

– Il m'a permis d'être ce que je suis. Au lieu de me laisser croire qu'il y avait quelque chose qui n'allait pas chez moi, il en a fait une énigme à résoudre.

Molly avala sa salive. Le silence retomba et les bruits de la jungle emplirent à nouveau la clairière. Finalement, elle essuya d'un revers de main les larmes qui mouillaient ses joues et jeta un regard vers Caleb. Ce dernier observait l'avion, le nez levé. Il était impossible de deviner s'il s'ennuyait profondément ou s'il était embarrassé.

La situation ne pouvait qu'être difficile pour lui, perdu, sans amis, dans cet endroit étrange. Peut-être était-il temps de l'inclure et de le laisser participer. Tout au fond d'elle-même, elle aurait bien aimé que sa théorie soit la bonne. Car dans ce cas, ils avaient tous une petite chance de revoir un jour leurs familles.

– Tu penses vraiment qu'on est sur Terre ? demanda-t-elle.

– Bien sûr qu'on est sur Terre, affirma-t-il sans la regarder. On n'est pas morts congelés ni grillés. Et personne n'a encore découvert d'exoplanète située à une distance idéale de son soleil pour qu'une vie humaine puisse s'y développer.

– Une exoplanète ? répéta Molly en battant des paupières.

– C'est une planète située dans un autre système solaire.

– Je sais ce que ça signifie, mais depuis quand tu t'intéresses à la science, toi ?

– Depuis que j'ai eu mon premier télescope pour mes dix ans, rétorqua Caleb avec un petit rire. Ce n'est pas parce que vous vous amusez avec des robots ludiques que vous êtes les seuls à savoir des choses, hein !

Quelques réponses cinglantes traversèrent l'esprit de Molly : par exemple, que les Killbots n'étaient pas des jouets, pas plus que les robots qui déminaient les zones de guerre, ou ceux qui assemblaient des voitures, ou ceux qui sauvaient les gens après un tremblement de terre. Cependant, elle se découvrait une petite once de respect pour Caleb.

Elle se tourna vers ses camarades, qui la regardaient. Ils semblaient heureux d'oublier leur chagrin pour penser à autre chose. N'importe quoi d'autre.

– Donc, si tu t'y connais en astronomie, tu pourrais observer les étoiles et nous dire si nous sommes sur Terre ou pas ?

– Facile. Je pourrais même te dire où on est, ou au moins la latitude. Mais avec cette brume, c'est impossible, déclara-t-il en levant le visage vers le ciel.

– Et si on pouvait t'envoyer au-dessus de la brume ? proposa Molly en souriant.

Caleb ouvrit des yeux ronds.

– Tu veux dire, avec votre bidule ?

– Voler, c'est ultra génial ! intervint Anna.

Caleb ne répondit pas immédiatement.

– Tu pourrais nous dire où on est, l'encouragea-t-elle.

Il finit par pousser un profond soupir.

– Bon, d'accord. Je vais monter observer les constellations, mais seulement si vous m'aidez à alimenter le feu avant. Juste au cas où on ne serait pas sur une autre planète et où il y aurait des gens qui nous cherchent.

– Au moins, la fumée fait fuir les insectes, répliqua Molly.

Elle se rendit compte qu'elle recommençait. Elle ne disait pas toute la vérité à ses compagnons, alors qu'ils avaient vraiment besoin de l'entendre, s'ils voulaient avoir une chance de survivre.

– Et ça éloigne probablement aussi les monstres, ajouta-t-elle. Allons chercher du bois.

20

Javi

Faire un énorme feu de joie, il n'y avait rien de plus facile quand on avait le pouvoir d'annuler la pesanteur.

Il fallait reconnaître que Caleb avait choisi un excellent emplacement : à huit cents mètres en arrière de l'épave, loin de toute possible fuite de carburant. À cet endroit, le ventre de l'avion avait raboté une petite colline et couché une douzaine d'arbres en formant une clairière. Les troncs auraient été trop lourds à porter dans des conditions normales, mais, avec une gravité presque nulle, ils ne pesaient pas plus qu'un carton de livres de classe.

Javi, Caleb et Molly en avaient trouvé un dans l'obscurité. Anna alluma l'antigraviton pour qu'ils le ramènent. À leur approche, les pièces de bois enflammées se soulevèrent sous l'effet de la chaleur engendrée par leur propre combustion.

– Préparez-vous, je désactive ! cria Anna lorsque le tronc fut en position.

La pesanteur normale se rétablit, l'oxygène afflua et les bûches retombèrent lourdement dans une gerbe d'étincelles.

Une onde tiède se répandit sur tout le sommet de la

colline et Javi sourit. C'était comme s'il suffisait de presser un bouton pour qu'un énorme tisonnier fasse flamboyer leur feu de joie.

Si seulement il y avait quelqu'un pour le voir.

Tout à coup, alors qu'il plongeait le regard dans la nuit environnante, une pensée lui vint : s'ils se trouvaient sur une autre planète, ils étaient seuls avec les monstres qui rôdaient autour d'eux dans le noir ; mais si Caleb avait raison et qu'ils étaient bien sur Terre, alors il y avait de l'espoir.

Il leva les yeux, mais aucun vrombissement d'avion ne se fit entendre par-dessus le grondement sourd des flammes et les bourdonnements d'insectes.

Javi soupira et se pencha pour ramasser sa bouteille remplie de phosphomouches – c'était le meilleur nom qu'il avait pu trouver. Il avait passé l'après-midi à les capturer. Un jour ou l'autre, les piles de leurs lampes torches finiraient bien par s'épuiser.

– Allez, l'astronome ! lança Molly. C'est le moment de monter observer les constellations pour nous dire à quoi elles ressemblent.

Caleb hocha la tête en silence. Il se montrait moins autoritaire, et Javi se demanda si le fait de voir à quel point ils fonctionnaient bien en équipe ne l'avait pas calmé un peu.

– Donc il me suffit de sauter ? demanda Caleb.

– Nous sommes déjà en hauteur, sur cette colline, répliqua Molly. En nous y mettant tous pour te donner une bonne poussée, tu devrais monter à plus d'une centaine de mètres. C'est largement suffisant pour arriver au-dessus de la brume.

– Ça fait surtout une sacrée chute.

– La chute n'a pas d'importance, intervint Oliver. (Il avait encore les yeux rouges, mais sa voix avait retrouvé sa fermeté.) Ton poids sera tellement minime que ta vélocité terminale sera presque nulle.

– Ma quoi ? s'exclama Caleb, alarmé.

– Il ne voulait pas dire « terminale » dans le sens de « fatale », intervint Javi en riant.

– Tous les corps ont une vitesse de chute maximale, expliqua Oliver.

Il ramassa une plume du siffleur qu'ils avaient fait rôtir, la lâcha et la regarda spiraler lentement vers le sol.

– Avec une force de gravitation quasi nulle, ta vélocité terminale sera comme celle de cette plume : trop faible pour te blesser.

– Il ne faut pas laisser tomber l'appareil, ajouta Anna. Et surtout, ne touche pas aux boutons. Sauf si tu veux que la gravitation redevienne normale alors que tu flottes à cent mètres d'altitude.

– Je ne suis pas idiot, rétorqua Caleb.

Il avait l'air confiant, prêt à se lancer.

Un peu trop confiant, songea Javi.

– Ah oui. Si tu entends une sorte de grognement, dit-il, c'est le bruit des oiseaux déchiqueteurs. Et ce n'est pas bon signe.

Caleb écarquilla les yeux, comme s'il pensait qu'il s'agissait d'une blague.

Molly lui tendit une fusée de détresse.

– Si tu as un problème, allume ça.

Javi, Yoshi, Anna et Molly se mirent en place autour de Caleb et entrelacèrent leurs mains pour former un support. Ce dernier semblait enfin normalement inquiet – comme quelqu'un qui s'apprête à se faire lancer pour la première fois de sa vie à plus de cent mètres dans les airs, songea Javi.

– Préparez-vous à l'apesanteur, annonça Anna.

Elle alluma l'appareil et le passa à Caleb. Javi se sentit devenir tout léger. Kira et Akiko se prirent les mains.

– Trois, deux, un... Lancement ! cria Molly.

Avec un grognement collectif, ils propulsèrent Caleb vers le ciel. Il disparut dans la brume et l'obscurité, et la pesanteur se rétablit lentement.

– Je me demande si la batterie de l'antigraviton va s'épuiser un jour, dit Javi en ramassant sa bouteille de phosphomouches. Je veux dire, est-ce qu'il a une batterie ?

– Je suis plus inquiet à l'idée qu'il pourrait atterrir dans le feu, dit Oliver. Ou est-ce qu'il remonterait comme un ballon dans la colonne d'air chaud ?

Molly les regarda tous les deux.

– Dites donc, quand c'est moi qui suis montée, vous vous êtes affolés autant que ça ?

– On a confiance en toi pour improviser, rétorqua Javi. Mais en Caleb ? Pas vraiment.

– On devrait fabriquer un moteur portatif, suggéra Anna. On pourrait utiliser les petits ventilateurs des...

Molly l'interrompit d'un geste.

– Attends, murmura-t-elle. Écoute.

Il y avait un bruit nouveau. Un souffle inquiétant, qui donnait la chair de poule et qui semblait venir du ciel, des arbres, de partout à la fois.

– Vous n'avez pas l'impression qu'il fait plus froid ? interrogea Anna.

Javi acquiesça. Un frisson le parcourut et les branchages commencèrent à s'agiter.

– Voilà le truc auquel on n'avait pas pensé, dit-il. Un orage !

Ils levèrent tous les yeux. Caleb flottait là-haut, à la merci des éléments, tel un cerf-volant sans ficelle.

Molly ramassa une poignée de feuilles, qu'elle lança au-dessus de sa tête. Le vent s'en empara et les entraîna le long du sillage de l'avion, loin de l'épave.

– Il a été emporté vers là-bas ! s'écria-t-elle.

Après un instant de silence, Javi pointa le doigt.

– Là !

– Brave petit, commenta Anna. Il a allumé sa fusée.

Au loin, un minuscule point rouge descendait vers le sol. Il traversa la brume, et ils le virent scintiller plus vivement durant quelques secondes, puis il disparut derrière les épaisses frondaisons des arbres, avalé par la jungle impitoyable.

À cet instant précis, un autre son s'éleva dans le lointain. Un long cri lugubre, aussi grave et profond que le mugissement d'une corne de brume.

– Ça, ce n'était pas le bruit de l'orage, observa Javi.

– *Omoshiroi*, ajouta Kira.

21

Caleb

– Ah génial, grommela Caleb. Pourquoi j'ai écouté ces gamins ?

Le vent froid secouait les branches autour de lui et cherchait à le rabattre vers le sol. Il était suspendu à peu près à mi-hauteur entre le sommet des arbres et la terre ferme. Empêtré dans un paquet de lianes, il avait la fusée dans une main et l'appareil antigravitationnel dans l'autre.

Il poussa un profond soupir. Il y avait un inconvénient auquel personne n'avait songé : lorsqu'on ne pèse presque rien, un coup de vent suffit à nous emporter à des kilomètres de l'endroit d'où l'on est parti !

Il ne savait même pas comment éteindre ce satané machin.

Mais ce n'était pas sa principale préoccupation. Au-dessous de lui, le sous-bois n'était éclairé que par la pâle lueur des phosphomouches. Les autres lui avaient parlé de lianes carnivores. Ça paraissait improbable, mais pas moins que ce qu'ils avaient vécu depuis deux jours.

Et puis il y avait le mugissement d'un animal, dont il

avait cru entendre l'écho lorsqu'il était là-haut, au-dessus de la brume.

Peut-être était-il plus prudent de rester là où il était pour le moment.

Mais d'abord, le plus important. Il lui fallait une main libre pour s'accrocher aux branches, sans pour autant laisser tomber sa fusée de détresse. C'était sa seule source de lumière, et Molly n'avait-elle pas dit que les oiseaux déchiqueteurs craignaient le feu ? Ce qui avait poussé ce cri en avait peut-être peur aussi ?

Il coinça l'antigraviton entre ses genoux et réussit à ôter sa ceinture. Lentement, avec mille précautions, il s'en servit pour attacher l'appareil à son épaule.

Bon. Il ne courait pas le risque de faire une chute mortelle, c'était déjà ça. Une inquiétude de moins. Évidemment, son pantalon pouvait lui tomber sur les chevilles sans prévenir, mais ça semblait assez acceptable comme prix à payer.

De sa main libre, en s'éclairant à l'aide de la fusée, Caleb se hissa en direction des plus hautes branches, jusqu'à ce que le ciel embrumé finisse par être visible.

D'une poussée, il s'éleva au-dessus des feuillages et se sentit emporté par la brise froide.

Le feu de joie brillait au loin. Il discerna une flamme plus petite, un peu sur le côté, et qui s'agitait.

Les jeunes avaient fabriqué une torche pour lui adresser des signaux !

Il fallait reconnaître que ces gamins n'étaient pas totalement nuls.

Il agita sa fusée en réponse, en espérant qu'ils la verraient. Il aurait bien aimé pouvoir communiquer, leur faire savoir ce qu'il avait découvert...

Pour commencer, ces deux lunes ne pouvaient pas être des lunes. D'accord, leur lumière était fixe et ne scintillait pas comme celle des étoiles, et il avait même réussi à distinguer des cratères à leur surface, mais la lune rouge était presque pleine, tandis que la verte était réduite à un mince croissant. Or elles étaient l'une à côté de l'autre !

Même sur une planète extraterrestre, deux lunes situées dans la même région du ciel devraient être dans la même phase, oui ou non ? À moins qu'il y ait deux soleils. Mais ça n'était pas possible non plus. Pourquoi chaque lune refléterait-elle la lumière d'un seul soleil ?

C'était ensuite qu'il avait vu quelque chose qui avait confirmé tous ses doutes.

Des feuillages lui frôlèrent les chevilles. Il retombait mais le vent l'avait poussé encore plus loin de leur feu.

Il agita une dernière fois sa fusée, puis se rattrapa à une branche. Il fallait réfléchir et trouver un moyen de retourner au campement. Cette fusée ne brûlerait pas éternellement, et il n'avait aucune envie de rebondir au-dessus de cette jungle dans une obscurité complète.

Il choisit un point d'appui solide et plia les jambes. Si ces gosses étaient capables de sauter par-dessus les arbres, il devait l'être aussi.

Il poussa de toutes ses forces. Un instant plus tard, il survolait la forêt, qui défilait au-dessous de lui.

Il était monté trop à la verticale. Sa trajectoire fut contrariée par le vent froid qui faisait crachoter sa fusée. En retombant lentement, il s'aperçut qu'il n'avait pratiquement pas progressé.

Il se rattrapa à la plus grosse branche qu'il put trouver et se prépara à pousser encore plus fort.

Oui ! Cette fois, c'était parfait. Il filait tout droit, juste au-dessus des arbres. Pour réduire sa résistance au vent, il s'allongea et tendit les bras devant lui, comme un plongeur qui s'apprête à fendre l'eau.

Non. Comme Superman !

La fusée de détresse crachouillait et l'environnait d'étincelles. Caleb imagina le sillage scintillant qu'il devait laisser derrière lui et sourit.

Anna avait raison. Voler, c'était vraiment génial.

Quel dommage qu'ils n'aient trouvé qu'un seul de ces appareils. Elle voudrait le récupérer quand il reviendrait au camp, c'était certain. Il s'agissait de la technologie la plus extraordinaire qu'il ait jamais vue, et il avait laissé une bande de gamins jouer avec !

C'était une erreur qu'il ne répéterait pas.

Le saut suivant le fit monter trop haut, et le vent le repoussa de nouveau en arrière.

Caleb lâcha un juron. Il fallait qu'il se concentre. Il aurait tout le temps de décider plus tard qui devait avoir l'antigraviton.

Une demi-douzaine de sauts plus loin, un détail étrange attira son attention. À cent mètres sur sa droite, il discernait une tache noire dans la jungle. Un trou dans la canopée, comme si quelqu'un avait coupé les têtes de tous les arbres à cet endroit. Et la lueur bleutée des phosphomouches en était absente.

Il scruta les ténèbres. L'ensemble formait un cercle d'une vingtaine de mètres.

Il se laissa lentement descendre, jusqu'à s'arrêter, sans quitter des yeux la tache sombre. Le cercle était si parfaitement dessiné qu'il ne paraissait pas naturel.

S'agissait-il d'un autre campement ?

Caleb observa les environs avec méfiance. S'il y avait des habitants dans cette jungle bizarre, il n'avait pas nécessairement envie de les rencontrer en pleine nuit. Et seul.

Toutefois, il avait fait plus de la moitié du chemin. Il lui restait à peine un kilomètre et demi à parcourir avant de retrouver les autres. Il fallait qu'il aille jeter un coup d'œil pour pouvoir leur en parler.

Il commença à progresser prudemment le long des hautes branches, sans monter à l'altitude où soufflait le vent. En deux ou trois sauts, il atteignit la bordure du cercle sombre.

Les arbres étaient différents, à cet endroit. Moins hauts, plus trapus, comme s'ils appartenaient à une autre espèce. Il ne s'agissait peut-être pas d'un campement, mais simplement d'une formation naturelle un peu étrange. Et s'il y faisait si noir, c'était peut-être juste que les phosphomouches n'aimaient pas ces arbres-là.

Mais pourquoi dessinaient-ils un cercle aussi parfait ?

Molly lui avait bien dit quelque chose au sujet de bosquets

circulaires, ailleurs dans la jungle. Sauf que ceux dont elle parlait étaient beaucoup plus hauts, et pas plus petits...

La trouée ne mesurait qu'une vingtaine de mètres de large. En prenant son élan, il pourrait la survoler en une fois, et observer ce qui se cachait à l'intérieur.

Caleb se mit en position et se propulsa doucement.

À l'instant où le cercle de ténèbres s'ouvrait au-dessous de lui, il sentit son estomac tressaillir.

En fait, non. C'était beaucoup plus qu'un tressaillement.

Sur son épaule, l'antigraviton émit un petit bourdonnement irrité. Un peu comme un réveille-matin, insistant, répétitif.

– Aïe, aïe, aïe... fit Caleb.

Avec une soudaineté inattendue, la force de gravitation se rétablit autour de lui. Son poids redevint normal, et il tomba comme un sac de plomb...

Très brutalement.

22

Anna

– Est-ce que vous avez vu la même chose que moi ? lança Molly.

Anna ne répondit pas. Elle ne quittait pas des yeux l'endroit où elle avait vu la fusée éclairante chuter brusquement, comme une étoile filante se décrochant du ciel.

La lumière ne réapparut pas. Il n'y avait plus que les cimes sombres des arbres agitées par le vent.

– Une théorie ? interrogea Molly. Une hypothèse ?

– Il s'est peut-être cogné dans quelque chose, suggéra Javi. C'est la première fois qu'il s'en sert.

Yoshi secoua la tête.

– La fusée est tombée trop vite. Il l'a probablement lâchée.

– Ou alors il a rencontré la bête qui a poussé ce cri, supposa Anna.

Ils la regardèrent tous, mais elle les ignora et continua à scruter l'obscurité. Y avait-il quelque chose de différent au point où avait disparu Caleb ?

C'étaient peut-être ses yeux qui lui jouaient des tours,

mais il lui semblait apercevoir une tache plus sombre, un endroit d'où la lueur des phosphomouches était absente.

– C'est peut-être la batterie de l'anneau qui est épuisée, intervint Javi.

Anna fronça les sourcils. Le sort de Caleb l'inquiétait un peu, mais elle avait surtout du mal à se faire à l'idée qu'il était parti en emportant *son* antigraviton, et qu'il l'avait peut-être perdu. Pourquoi avait-elle accepté de le confier à cet amateur ?

– Yoshi a raison. C'est la fusée qui est tombée, pas lui, dit Molly en frottant ses cheveux roussis. Il a dû se brûler la main et la lâcher.

– Alors il va sûrement descendre la chercher, enchaîna Anna. Et depuis quand on se gèle dans la jungle ? ajouta-t-elle en frissonnant.

– L'eau de la cascade était glacée, dit Yoshi.

– Il faudrait qu'on aille voir ça de plus près, répliqua Anna.

– On n'ira nulle part tant que Caleb n'aura pas rapporté l'anneau, leur rappela Molly. Vous voyez quelque chose ou pas ?

Le silence se fit, seulement troublé par les crépitements du feu et le soupir du vent. Les brumes s'écartaient un peu et la lumière pâle des lunes commençait à colorer le ciel et à poser quelques taches de clarté sur la jungle.

Ils attendirent en scrutant l'obscurité.

Ce fut Anna qui l'aperçut la première. Un filet blanchâtre qui montait de l'endroit où ils avaient vu disparaître Caleb.

Elle en était certaine à présent : la forêt était plus sombre à cet endroit. Elle le leur montra.

– De la fumée. Sa fusée brûle toujours, mais elle est par terre.

– Il est peut-être blessé, dit Molly. Et si nous voulons avoir une chance de le retrouver, il faut y aller avant qu'elle s'éteigne.

– On va vraiment traverser cette jungle dans le noir ?! s'écria Oliver. Avec la bête qui a fait ce bruit, tout à l'heure ?

Ils regardèrent tous Molly.

– On n'a pas le choix, dit-elle.

– Tu ferais mieux de garder ton sabre à portée de main, Yoshi, juste au cas où, lança Anna avec un haussement d'épaules.

Marcher dans la jungle en pleine nuit n'avait rien d'une partie de plaisir. Les phosphomouches voletaient autour d'eux, les branches les égratignaient au passage, les racines les faisaient trébucher, et chaque bruissement du sous-bois leur rappelait les étranglianes.

Sans compter la bête géante aux griffes acérées qui rôdait dans les parages.

Anna avait pris la tête du groupe et leur frayait un passage en coupant les lianes à l'aide de son couteau de survie. Javi marchait derrière elle en levant sa bouteille de phosphomouches. Les insectes produisaient une lumière presque aussi claire que celle d'une lampe torche, ce qui permettait d'économiser les piles des leurs, mais leur éclat bleuté leur donnait également des figures de zombies.

Pour la centième fois, Anna se demanda à quoi servait la lueur de ces insectes. Sur Terre, la bioluminescence était essentiellement un moyen d'attirer des partenaires afin de se reproduire. Bien sûr, dans le cas de certaines méduses, elle permettait aussi d'éloigner les prédateurs. *Tu ne veux surtout pas me manger, mec, je suis une méduse !*

Les phosphomouches étaient-elles vénéneuses ?

Anna n'avait pas faim au point de se résoudre à consommer des insectes. Du moins, pas tout de suite.

Le point positif, c'était que l'orage n'avait pas encore éclaté. Le vent froid ne soufflait plus, et la jungle était silencieuse, mis à part le bourdonnement des insectes et les bruissements d'on ne savait quoi sous leurs pieds. Mais l'atmosphère était chargée d'une humidité annonciatrice de pluie.

Des murmures parvenaient à Anna de quelque part dans l'obscurité, juste devant elle. Akiko et Kira étaient venues aussi, parce que Molly n'avait pas voulu les laisser seules. Les deux Japonaises étaient si habiles à se faufiler à travers la broussaille qu'elles ne prenaient pas la peine de suivre le chemin tracé par Anna. Cette dernière en était même à se demander si elles n'avaient pas déjà commencé à explorer la jungle sans le dire à personne.

Elle se rendit compte qu'elles ne communiquaient pas en japonais. Leurs chuchotements ressemblaient plus à du français. Ah oui. Elles retournaient au Japon après un séjour dans l'une de ces écoles suisses huppées.

S'agissait-il seulement de pratiquer un peu leur français ou était-ce pour empêcher Yoshi de comprendre ce qu'elles se disaient ?

Le lugubre mugissement résonna au loin, et ils se figèrent. Les feuilles elles-mêmes semblaient frémir, et Anna le ressentit jusque dans sa colonne vertébrale. Tout au fond d'elle-même, une petite voix ancestrale lui souffla qu'elle n'était vraiment pas au sommet de la chaîne alimentaire, à cet instant précis.

Quand le hurlement se tut enfin, il leur fallut un long moment avant de pouvoir parler à nouveau.

– Elle est très loin, cette créature, hein ? murmura Javi.

– Bien sûr, répliqua Molly avec un tremblement dans la voix qui laissait deviner qu'elle n'en était pas si certaine que ça. À des kilomètres.

C'était probable, mais Anna entendit tout de même Yoshi libérer son sabre de son fourreau dans un cliquetis métallique. Elle frissonna. Une évidence venait de lui apparaître.

– C'était un appel, dit-elle.

Molly se rapprocha d'elle.

– Qu'est-ce que tu veux dire ?

– Quand un animal fait du bruit, c'est toujours pour une raison : avertir les autres d'un danger ou les prévenir qu'il y a de la nourriture. Ou à la saison des amours.

Anna tendit l'oreille, mais n'entendit rien d'autre que le bourdonnement des insectes. Javi la regardait avec de grands yeux. Dans la phosphorescence de sa bouteille, son visage était bleu pâle.

– Tu crois qu'il en appelle un autre ?

– Tu veux dire qu'il y en a *deux* comme ça ? s'alarma Oliver.

– Il n'y a pas eu de réponse, répondit Anna, mais oui, c'est possible. Il cherche peut-être un compagnon.

– Tant qu'à faire, c'est mieux que s'il cherchait un dîner, rétorqua Molly.

Anna acquiesça. L'idée que Caleb soit parti avec l'antigraviton l'irrita de nouveau. Ils n'auraient pas eu à s'inquiéter autant des prédateurs s'ils avaient pu voler. Cependant, elle se retint de le faire remarquer. Mieux valait trouver des paroles rassurantes.

– Des animaux capables de pousser un mugissement aussi puissant sont forcément très dispersés, poursuivit-elle. En d'autres termes, il n'y en a pas beaucoup dans cette jungle.

– Ça, ça me va, déclara Oliver.

Anna sourit, et n'ajouta pas que les prédateurs les plus redoutables étaient souvent les plus isolés. Plus ils mangeaient, plus leur territoire devait être étendu.

– Hé ! Vous sentez ce que je sens ? s'écria Javi.

Anna l'avait perçu en même temps que lui. Cette impression familière de papillons dans l'estomac.

– Comme lorsqu'on allume l'antigraviton, dit-elle.

Javi leva sa bouteille de phosphomouches.

– On ne doit pas être loin. Je sens l'odeur de la fumée de la fusée.

– C'est bizarre, remarqua Molly, ça varie. Comme s'il était détraqué. Tu avais sans doute raison, Javi : sa batterie est peut-être épuisée.

Anna ressentit à nouveau cette impression de flottement si caractéristique, et elle eut l'affreuse certitude que l'anneau était cassé. Elle ne volerait plus jamais.

– Écoutez, murmura Yoshi.

Au bout d'un long silence, Anna l'entendit. Un gémissement, un peu plus loin.

C'était un son grave, grondant, liquide, qui évoquait un peu la plainte d'un oiseau déchiqueteur perdu dans le noir. Elle frissonna encore.

– Est-ce que ça pourrait être…? souffla Javi.

Anna secoua la tête. Ce son n'avait rien d'humain.

– Allons voir, chuchota Molly.

– *Kutô*, murmura une voix douce.

Kira émergea des ombres et tendit la main. Anna lui passa le couteau.

La jeune fille s'enfonça dans les ténèbres en taillant les lianes avec une silencieuse efficacité, et le groupe lui emboîta le pas. Quelques instants plus tard, ils se retrouvèrent devant une étrange démarcation.

– *Omoshiroi*, commenta Kira.

– Oui, approuva Anna. Vraiment intéressant.

On aurait dit qu'une ligne avait été tracée au cordeau dans la végétation, une frontière courbe au-delà de laquelle ne voletait aucune phosphomouche. Il y régnait une nuit profonde. Dans la pâle lumière de la bouteille de Javi, les arbres semblaient difformes, contrefaits.

– J'ai aperçu cette tache sombre depuis la colline où nous avons fait notre feu, dit Anna. C'est là qu'il est tombé !

Une nouvelle vague d'apesanteur les traversa, accompagnée d'un gémissement.

Cette fois, la voix paraissait presque humaine.

– J'y vais en premier, annonça Javi.

Il fit un pas en avant en levant sa bouteille, mais à peine avait-il passé la frontière qu'il poussa un grognement et chancela. Il tomba sur un genou. La bouteille lui échappa comme si une force la lui avait arrachée des mains pour la projeter vers le sol.

– Javi !

Main tendue, Molly se précipita pour l'aider. Elle vacilla, elle aussi, mais réussit à conserver son équilibre en s'appuyant à un tronc d'arbre noueux.

Anna voulut la suivre, mais quelque chose l'en empêcha. C'était Kira qui la retenait par la ceinture.

La jeune Japonaise tendit le bras, couteau en main, juste au-dessus de la ligne de démarcation des ténèbres. La pointe frémit et elle finit par le laisser s'échapper. Il fusa de ses doigts pour se planter avec un bruit sourd dans la terre nue, à la verticale.

– *Abunai*, dit-elle à voix basse.

Anna fronça les sourcils.

– J'imagine que ça veut dire... danger ?

– Exactement, rétorqua Yoshi debout derrière elle, à une distance prudente de la zone obscure. Ça va, Javi ?

– Je crois, oui, répondit celui-ci, mais la force de gravitation, ici...

Il tenta de se relever, fit une grimace et retomba à quatre pattes.

– Elle est beaucoup plus puissante, haleta Molly en se raccrochant à son arbre.

Anna regardait la bouteille de Javi. Incapables de s'envoler, les phosphomouches rampaient sur la paroi. Sous ses yeux, elles s'éteignirent une à une.

– Caleb, murmura-t-elle.

Et s'il avait modifié les réglages de l'anneau pour passer de léger à lourd alors qu'il était en plein air ?

– Essayez de le retrouver ! lança Molly. On va se débrouiller pour sortir de là.

– Je vais rester pour vous aider, dit Oliver.

Kira pointa le doigt vers la droite, pour leur suggérer de contourner la zone. Anna, Yoshi et elle se mirent prudemment en chemin.

Tout en avançant, Anna examinait les arbres. Leurs feuilles paraissaient familières. Évidemment ! Ils étaient de la même espèce que ceux que l'on voyait partout dans la jungle, mais ici ils poussaient écrasés sous leur propre poids. Ce qui signifiait que la chose qui engendrait ce champ de distorsion gravitationnelle devait être là depuis très longtemps.

S'agissait-il d'un phénomène naturel ?

Devant elle, Kira venait de s'arrêter. Le gémissement se fit à nouveau entendre, tout proche.

– Caleb ? appela Anna à voix basse.

Une nouvelle vague d'apesanteur passa, et une voix répondit dans les ténèbres.

– Aidez-moi...

23

Javi

C'était comme se retrouver prisonnier sous un couvercle de plomb.

Ça lui rappelait la fois où sa tante Sofia, qui travaillait dans la police, lui avait fait essayer un gilet pare-balles en Kevlar. Il lui avait paru à peu près aussi lourd, sauf qu'ici, dans cette zone d'hypergravitation, il avait l'impression d'être serré dans un cocon qui lui comprimait tout le corps. Il devait lutter à chaque respiration, comme si l'air était soudainement devenu aussi épais qu'une soupe.

Mais il pouvait encore ramper. Il progressa péniblement jusqu'à la limite de l'obscurité, où Akiko et Oliver l'attendaient pour le traîner hors du champ de distorsion gravitationnelle.

Molly réussit à s'en sortir seule et vint s'effondrer à côté de lui.

– À ton avis ? haleta-t-elle. Double G ?

– Au moins, répondit Javi. (Il fut interrompu par une quinte de toux.) Comment tu as fait pour rester debout ?

– Cinq ans de danse classique. Je peux remercier ma mère pour ça.

– Je t'y ferai penser, promit-il.

Molly se faisait certainement beaucoup de souci pour sa mère, toute seule chez elle. On devait parler de la disparition de l'avion partout, sur les chaînes d'information et dans les journaux. Javi ferma les yeux et s'empêcha d'imaginer ses propres parents, assis devant la télé, morts d'inquiétude.

Il se concentra sur le soulagement d'avoir retrouvé une gravité normale. Il avait l'impression d'avoir passé une semaine sur Jupiter et d'être enfin revenu sur Terre.

Sauf qu'il n'était pas sur Terre. Ici, les lois de la physique étaient totalement bouleversées.

Il se redressa. Une nouvelle vague d'apesanteur lui donna le vertige.

– Vous devriez venir, les amis, dit Oliver. Je crois qu'ils ont retrouvé Caleb.

Ce dernier était tombé tout près de la limite du champ de distorsion.

Bien sûr, se dit Javi. Dans cette zone de double gravitation, le malheureux n'avait pu voler bien loin. La seule chose qui lui avait évité de se faire aplatir comme un moucheron était l'antigraviton. Manifestement, l'appareil continuait à émettre des ondes qui contrariaient l'hypergravitation. Javi les sentait, plus puissantes à mesure qu'ils se rapprochaient de l'endroit où Caleb avait chuté.

Et il entendait aussi de mieux en mieux la terrible respiration sifflante de Caleb.

– J'ai vu... quelque chose, balbutia ce dernier.

– D'abord, bois ça, ordonna Anna.

Elle se tenait près de lui dans la zone hypergravitationnelle et soutenait sa bouteille à deux mains. Yoshi était à côté d'elle, assis en tailleur. Son expression crispée était le seul signe qu'il résistait à la double gravitation.

Caleb avala une gorgée d'eau et toussa. Une toux rauque et humide, qui donnait l'impression qu'il avait les poumons pleins de sauce tomate.

– Dans le ciel, réussit-il à articuler un instant plus tard.

– On s'en fiche! s'écria Molly. Il faut d'abord trouver le moyen de te sortir de là!

– On pourrait le faire glisser, proposa Oliver. En utilisant les vagues d'antigravité.

Mais Molly secoua la tête.

– Ça risquerait de le blesser encore plus.

Anna ne quittait pas des yeux l'anneau, qui avait roulé sur le sol à côté de Caleb.

– On pourrait peut-être trouver un autre réglage. Quelque chose qui puisse contrebalancer la force d'attraction.

Javi était silencieux. La position de Caleb, allongé, le dos tordu, contre les racines toutes déformées d'un arbre, ne lui disait rien qui vaille. Peut-être que s'ils avaient eu une équipe médicale et une ambulance chargée de matériel (un palan et une civière hydraulique spécialement conçus pour la double G?), il aurait été possible de faire quelque chose.

Mais dans la jungle, avec un couteau de survie, un kit de premiers secours, quelques bouteilles d'eau et rien d'autre ?

Javi jeta un regard à Kira, qui secoua la tête et passa un bras autour des épaules de sa sœur. Akiko se mit à pleurer.

Une affreuse certitude commençait à s'insinuer dans l'esprit de Javi : Caleb n'allait pas s'en sortir.

– Stupides... gamins... croassa celui-ci. Écoutez-moi.

– Qu'est-ce qu'il y a ? demanda Javi avec douceur.

– Les lunes. Elles ne sont pas normales.

Molly leva un regard suppliant vers Javi.

– On sait, répondit-il. Nous ne sommes plus sur Terre, mais il faut que tu...

– Non, l'interrompit Caleb.

Une nouvelle quinte de toux lui coupa le souffle, mais il réussit à poursuivre.

– Les phases ne sont pas normales. Elles sont artificielles.

Javi se remémora les deux lunes. Deux orbes, le rouge un peu plus gros, tous les deux piqués de cratères, comme le visage blafard et familier de celle qu'il avait l'habitude de voir depuis la Terre.

– Et les étoiles... ajouta Caleb en faisant un énorme effort.

– Tu nous feras un bulletin astronomique plus tard ! cria Molly, au désespoir.

À ces mots, un sourire triste étira les lèvres de Caleb. Une nouvelle vague d'antigravité passa, agitant les feuillages autour d'eux, et il réussit à prendre une courte respiration haletante.

– Urssss... souffla-t-il.

Ils attendirent tous en silence qu'il en dise plus.

Au bout de quelques instants, ses paupières se fermèrent.

– Caleb ? appela Anna.

Elle se pencha en avant et Javi vit les muscles de son cou se crisper pour résister à la force d'attraction.

Rien. Même pas le gargouillement sifflant de son souffle.

– Caleb ! cria Molly.

En constatant qu'il ne réagissait pas, elle se tourna vers ses amis.

– Il faut le sortir de là, et tout de suite !

– Molly, dit Anna. Il ne respire plus.

Molly la dévisagea.

– Qu'est-ce que tu racontes ?

Le visage d'Anna se figea et devint soudain aussi inexpressif qu'un masque.

– Il ne respire plus parce qu'il est mort.

Javi se détourna. Il ne pouvait plus regarder Caleb ni Anna. Et encore moins Molly, qui réfléchissait furieusement, à la recherche d'une solution à ce problème.

Sauf qu'il n'y avait plus rien à résoudre.

Comme il ne savait plus vers quoi se tourner, il suivit du regard une phosphomouche qui voletait près de lui. Elle dériva vers la zone d'obscurité, fut instantanément happée et tomba sur le sol.

Il leur fallut un long moment pour retrouver l'usage de la parole.

— On devrait retourner au feu, dit Anna. Il fait de plus en plus froid.

— En le laissant comme ça ? protesta Molly.

Personne ne sut quoi répondre. À la simple idée d'entrer dans la zone d'hypergravitation, Javi sentait son estomac se nouer.

— La nature n'a pas besoin d'aide pour enterrer les morts, rétorqua Anna avec un haussement d'épaules.

Encore ce mot. *Mort.*

On pouvait mourir dans un endroit comme celui-ci. C'était la loi de la nature. Il suffisait d'une erreur, d'un faux pas, pour que chaque animal, chaque plante, ne soit plus qu'un élément de la chaîne alimentaire. La jungle était autour d'eux, patiente et vorace, et Javi la sentait qui les observait.

Molly avait l'air d'être sur le point de protester, d'exiger qu'ils organisent de nouvelles funérailles, ou même qu'ils enterrent Caleb, mais à ce moment, la pluie se mit à tomber. Cela commença par un crépitement au sommet des arbres.

Le bruit s'intensifia peu à peu, mais les gouttes ne les atteignaient pas encore. Les épais feuillages de la canopée les protégeaient. Javi laissa la rumeur de l'orage envahir son esprit et chasser ses pensées.

— Bon, lança Molly. Je crois qu'il vaudrait mieux trouver un abri.

Elle avait l'air presque soulagée d'avoir un nouveau problème à résoudre.

— Mais pas si près de lui, suggéra Javi avec douceur.

Personne ne pourrait fermer l'œil s'ils restaient là.

Ils s'éloignèrent, guidés par Molly, jusqu'à un endroit où la canopée était si épaisse qu'il était impossible d'apercevoir le ciel. La pluie commençait à dégouliner à travers les feuilles, et des flaques froides apparaissaient sur le sol devenu spongieux.

Molly et Anna replièrent plusieurs branches basses, qu'elles attachèrent ensemble pour bâtir une sorte d'abri de fortune. Ils se recroquevillèrent entre les racines soulevées de l'arbre, qui formaient des replis assez hauts pour les protéger. Il y avait très peu de broussailles à cet endroit, si bien que les étranglianes ne pouvaient s'y dissimuler pour les prendre par surprise.

Les plantes n'étaient pas leur principal souci, cependant. La bête à la voix de corne de brume rôdait aux alentours. Ils ignoraient si elle était loin ou tout près, et ils ne pourraient pas l'entendre arriver, à cause du bruit de la pluie.

Yoshi se proposa pour monter la garde quelques heures. Il passerait le relais à l'un d'entre eux ensuite. Il s'installa en tailleur, à la limite des racines, face à la jungle.

L'averse était devenue torrentielle. Elle faisait tant de bruit qu'ils ne s'entendaient plus. Les phosphomouches avaient fui vers l'endroit où les insectes se réfugient lorsqu'il pleut, et les ténèbres avaient pris possession de la forêt.

Molly commença à remplir ses bouteilles sous un filet d'eau qui coulait d'une branche. Elle se pencha tout près de Javi pour pouvoir lui parler.

– C'est moi qui lui ai suggéré d'aller observer les étoiles.

Javi s'attendait à ce qu'elle aborde le sujet.

– Ça ne veut pas dire que c'est ta faute.

– Il ne s'était jamais servi de l'anneau avant.

– C'est vrai, mais on ne savait pas qu'il y avait ces...

Puits de gravité ? Hyperchamps ? Javi ne se sentait pas vraiment en état de leur trouver un nom immédiatement. Il pouvait encore ressentir cette horrible sensation d'écrasement, comme s'il était toujours prisonnier de la zone d'hypergravitation.

Comme si les ténèbres elles-mêmes pesaient plus lourd.

– J'ai insisté, murmura Molly. Il n'avait même pas envie d'y aller.

– Il n'a pas eu de chance, c'est tout.

– Tu ne peux pas dire ça, protesta Molly.

– C'est quand même vrai.

– Mais c'est encore pire que si c'était ma faute !

Javi la regarda dans les yeux.

– Pourquoi ?

– Parce que si j'ai fait une erreur, même très grave, on peut en apprendre quelque chose, répondit Molly, les paupières closes, la respiration courte et sèche. Mais s'il peut nous arriver une chose pareille par hasard, par accident, alors ça signifie qu'on est tous...

Elle ne termina pas sa phrase, mais Javi ne souhaitait pas qu'elle aille au bout de son raisonnement.

– Écoute-moi, enchaîna-t-il. On va s'en sortir.

Molly secoua la tête en silence, l'air accablé.

– *Tu* vas nous sortir d'ici, rectifia-t-il. C'est toi qui vas nous ramener à la maison.

– Depuis un monde extraterrestre ?

– Caleb a dit que ce sont de fausses lunes. Donc on ne sait toujours pas où on est.

– Ça ne me sert à rien ! Au moins, avec une autre planète, on avait une théorie sur laquelle travailler. Sinon tout ce qu'on a vu jusque-là, c'est juste... n'importe quoi !

Javi haussa les épaules.

– Parfois, il y a des trucs qui n'ont pas de sens.

– Comment est-ce que tu peux supporter ça ?

– Tu as déjà rencontré ma famille ? dit-il avec un petit rire.

– Tes parents sont les gens les plus sains d'esprit que je connaisse, répliqua-t-elle.

Javi lui jeta un regard de biais, mais ne commenta pas. Molly paraissait au bord des larmes. Et puis se disputer pour savoir qui avait la famille la plus dérangée ne semblait pas très juste.

Molly et sa mère se ressemblaient par bien des aspects. Elles n'avaient ni l'une ni l'autre réussi à accepter le fait qu'une maladie surgie de nulle part ait pu emporter le père de la jeune fille sans crier gare. La seule différence était que cette expérience avait fait de Molly une personne ultralogique, qui avait besoin de connaître le comment et le pourquoi de tout ce qui l'entourait, tandis que sa mère avait sombré dans l'irrationalité.

– Caleb n'est plus là, mais il nous a aidés, reprit Javi. Nous savons que ces lunes n'en sont pas. Ça signifie forcément quelque chose.

– C'est vrai, lui concéda Molly en se blottissant dans un creux des racines. Tu as raison. On va trouver une solution.

Il la regarda s'endormir. Par hasard ou presque, il avait dit ce qu'il fallait en lui rappelant que Caleb leur avait au moins transmis un indice, une promesse que le monde étrange et nouveau qui les entourait pouvait être analysé et compris.

Mais s'il avait tort ?

Javi plongea le regard dans les ténèbres informes, où rôdaient des monstres invisibles.

Il finit par s'endormir en écoutant le martèlement de la pluie.

24

Yoshi

Le bruit n'était plus le même.

Yoshi s'éveilla en sursaut, la main sur la garde de son sabre. Était-ce l'énorme créature à la voix lugubre qui était arrivée, là, dans leur camp ?

Puis il comprit. La seule chose qui avait changé, c'était la pluie. Elle s'était arrêtée. Le grondement de l'orage avait cédé la place au clapotis de l'eau tombant goutte à goutte des feuilles.

Il s'était endormi alors qu'il était de garde. Impardonnable.

Il prit une longue et lente inspiration et se redressa. Kira, roulée en boule à côté de lui, remua un peu dans son sommeil. Il faisait encore nuit, mais les phosphomouches étaient revenues et répandaient leur froide lumière bleutée sur les alentours.

Les autres dormaient toujours, blottis comme des chatons entre les grandes racines de l'arbre. Anna serrait l'antigraviton dans ses bras.

Yoshi ne pouvait pas le quitter des yeux. Pourquoi ne pas le prendre maintenant et s'en servir pour explorer cet endroit à sa guise?

Évidemment, les autres seraient alors obligés d'entreprendre une longue et dangereuse marche jusqu'à l'avion. Il ne pouvait pas leur faire ça, particulièrement après ce qui s'était passé la nuit précédente.

Cependant, la mort de Caleb ne faisait qu'aviver son désir d'exploration.

Caleb avait dit que les lunes étaient fausses. Ce qui pouvait signifier que les étoiles l'étaient aussi. Et si tout ce qu'ils avaient vu était factice?

Il fallait qu'il sache. Yoshi tendit la main et effleura l'anneau du bout des doigts.

À côté de lui, Kira ouvrit les paupières. Il retira vivement sa main.

— Inutile de le lui voler, murmura-t-elle. Il y en a un autre.

Il la regarda d'un œil surpris.

— Qu'est-ce que tu racontes?

Elle pointa le doigt vers l'endroit où ils avaient laissé le corps de Caleb.

— Cet endroit où tout est noir, où tout est très lourd... Si c'était à cause d'une machine? Une machine comme celle-là? dit-elle avec un geste en direction d'Anna.

Yoshi réfléchit. La zone était circulaire, comme le champ généré par leur anneau.

— Je n'ai pas besoin d'être plus lourd, rétorqua-t-il. J'ai besoin de voler.

— Tu as vu tous ces symboles? chuchota-t-elle. Peut-être

que la machine qui se trouve là-bas est exactement la même, mais qu'elle n'est pas réglée de la même manière.

Il médita sur cette affirmation. Il se souvenait de ces bosquets dont les arbres semblaient toucher le ciel. Des cercles parfaits, là aussi, et de la même dimension que la zone de double pesanteur.

Et s'ils étaient liés à la présence d'un appareil similaire, réglé pour atténuer la force d'attraction ? Dans ce cas, les arbres pousseraient sans peine, beaucoup plus haut que les autres, n'est-ce pas ?

– Mais cet appareil était dans la soute de l'avion, reprit-il. Qu'est-ce qui peut te faire croire qu'il y en a d'autres dans cette jungle ?

Kira sourit.

– Il n'y était peut-être pas. On l'a trouvé parmi les débris et les bagages, mais il était peut-être *déjà là*. Et l'avion l'aurait déterré en s'écrasant.

Yoshi hocha la tête en regardant la tache sombre. Il se remémora l'affreuse sensation qu'il avait éprouvée et se sentit épuisé à la simple idée d'y retourner.

Cependant, la perspective d'y trouver un autre appareil valait bien quelques efforts.

– Je suppose qu'on pourrait aller voir.

– Il est sûrement enterré, et il doit être là depuis longtemps, pour avoir déformé les arbres à ce point.

Kira ferma les paupières et traça des signes dans l'air du bout des doigts.

– Je peux t'aider à trouver le centre exact du cercle. À condition que tu promettes de m'emmener.

Il la dévisagea.

– Tu veux aller à la cascade ?

– Et au-delà. Tu n'es pas le seul à avoir envie de savoir ce qui se passe ici.

Yoshi soupira. Il était assez peu probable qu'un antigraviton soit enfoui à cet endroit, ce qui faisait qu'il n'aurait pas besoin de tenir sa promesse.

– D'accord, dit-il. Trouve-moi un moyen de voler, et tu pourras venir.

Kira s'éloigna en silence dans l'obscurité, puis revint avec deux fusées de détresse subtilisées dans le paquetage de Molly, puis guida Yoshi à travers la jungle boueuse, en direction du cercle noir.

Arrivée à la lisière, elle alluma l'une des fusées et l'accrocha à une branche, à peu près à la hauteur de sa tête. Yoshi se tourna vers leurs amis, qui dormaient tous encore, en se demandant s'il n'aurait pas mieux fait de réveiller quelqu'un pour qu'il monte la garde.

Kira suivit son regard.

– On entend hurler cette bête à des kilomètres. Si elle s'approche, on l'entendra aussi de là où nous sommes.

– Alors, faisons vite, rétorqua Yoshi.

Ils contournèrent la zone en évitant de repasser près de l'endroit où se trouvait le corps de Caleb. Tout en marchant,

Kira surveillait du regard son repère, tout juste visible entre les troncs noueux des arbres.

Finalement, elle laissa échapper un petit soupir satisfait.

– Nous sommes exactement en face.

– Comment peux-tu en être sûre ?

Elle alluma la seconde fusée et la coinça sur la fourche d'une branche.

– Je peux, c'est tout.

Yoshi repensa à ses dessins. Ils étaient d'une précision étonnante, et il l'avait vue tracer des ronds parfaits à main levée. Mais était-elle vraiment capable de déterminer que deux repères séparés de vingt mètres et placés sur la circonférence d'un cercle étaient exactement opposés ?

– Perception visuo-spatiale, ajouta-t-elle. C'est dans tous les tests de QI.

– Je n'en ai jamais passé.

– Tu as bien de la chance.

Yoshi ne sut pas trop comment prendre cette observation.

– Et comment je verrai que je suis à mi-chemin entre les deux fusées ?

Kira réfléchit un moment, puis poussa un soupir.

– Tu n'en es probablement pas capable. Il va falloir que j'y aille aussi, je pense.

Ils avançaient à quatre pattes, lentement.

Yoshi avait l'impression d'avoir son jumeau maléfique à cheval sur le dos, et il faisait très attention à ne pas se blesser les genoux sur les racines dures et difformes des arbres. Le sol était couvert d'un épais tapis de feuilles hachées par l'orage.

Même les gouttes de pluie devaient peser plus lourd, ici, supposa-t-il.

Quelque chose céda sous son poids avec un craquement humide. Il s'arrêta pour écarter les feuilles.

Un squelette d'oiseau. Combien y en avait-il qui, pour avoir voulu survoler cette zone, s'étaient brutalement fait capturer et broyer par l'hypergravitation ?

Comme Caleb.

Ou l'avion. Cet endroit se trouvait-il sur sa trajectoire ?

Yoshi continua à ramper. Ces interrogations ne servaient à rien. D'ailleurs, l'avion avait été ouvert par le toit, de longues, interminables minutes avant le crash, et sans doute bien avant de survoler cet endroit.

Les deux repères lui paraissaient se trouver à peu près à la même distance.

– Ici ?

– Un peu plus loin, répondit Kira sans cesser d'avancer.

La pesanteur semblait à peine la gêner. Comme sa sœur, elle était petite et agile, ce qui était sans doute un avantage dans de telles conditions.

Le vent se remit à souffler et quelques gouttes tombèrent du ciel. Elles étaient froides et frappaient durement. Yoshi se sentait soulagé d'avoir laissé son sabre auprès de ses compagnons. Ce qui était moins appréciable, c'était qu'il l'avait enveloppé dans son blouson, si bien qu'il n'était vêtu que d'un tee-shirt.

– Ici. C'est le centre, affirma Kira.

– Je ne vois rien de particulier, répliqua Yoshi avec lassitude.

– Je t'ai dit que ces arbres ont dû pousser alors qu'il était déjà là. Il doit être enfoui sous la terre, depuis le temps.

– Une terre très lourde, grogna-t-il.

– C'est pour ça que j'ai apporté ça, répondit Kira en lui montrant le couteau de survie.

Yoshi le prit et ils commencèrent à creuser. Le sol était tellement tassé par les effets de l'hypergravitation qu'il avait l'impression de trancher à travers un bloc d'argile à modeler. Ils trouvèrent des vers de terre ; ils étaient aussi coriaces que des câbles métalliques, comme si cette terre était leur milieu d'origine.

Il se remémora les oiseaux siffleurs et leur habileté à voler en micropesanteur. Toutes les créatures de cet endroit étaient-elles naturellement capables de s'adapter aux variations gravitationnelles ou avaient-elles évolué au fil du temps ?

L'averse glacée devenait de plus en plus violente. Kira tenta de se mettre au sec sous un arbre, mais le pire n'était pas l'humidité. C'étaient les gouttes aussi dures que des billes qui les bombardaient et commençaient à leur faire vraiment mal.

– Yoshi ? appela Kira. On devrait peut-être revenir plus tard.

Il leva les yeux. Elle regardait le ciel en se protégeant le visage de son mieux à l'aide de sa main.

– Tu te moques de moi, là ?

– Et s'il grêle ?

Une goutte particulièrement grosse atterrit douloureusement en plein au sommet de son crâne, puis dégoulina froidement le long de sa nuque. C'était juste un orage.

– Il ne grêle pas dans la jungle, lança-t-il.

– Tu n'en sais rien, rétorqua-t-elle, et cette jungle n'est pas normale.

– Dans ce cas, je ferais mieux de creuser, au lieu de bavarder !

Il vida le trou de l'eau accumulée et recommença à gratter la glaise. Le couteau dérapa entre ses doigts engourdis et il faillit s'entailler la main.

Il se demanda si le sang s'écoulait plus vite d'une blessure lorsque la force de gravitation était doublée. Le froid et la terrible pesanteur l'épuisaient et sapaient son énergie. Même respirer devenait de plus en plus difficile.

Il songea à s'allonger un moment, pour reposer ses muscles endoloris, mais que lui arriverait-il s'il ne parvenait pas à reprendre des forces et si l'eau lourde et glacée montait jusqu'à lui recouvrir la bouche et le nez ? Il n'avait aucune envie de se noyer dans une mare de vingt centimètres.

En fait, il n'avait pas envie de se noyer du tout !

Il planta une nouvelle fois sa lame et elle buta contre un obstacle. Une pierre ?

Il vit apparaître un rebord lisse et arrondi.

– Je l'ai ! cria-t-il.

Malgré l'engourdissement de ses doigts, il se mit à gratter énergiquement pour dégager l'appareil.

– Yoshi...

Il regarda ce que lui montrait Kira.

Des grêlons commençaient à rebondir sur le sol. L'un d'eux meurtrit l'épaule de Yoshi avec la même brutalité qu'une pierre lancée avec une arme de jet.

– Je te l'avais dit, reprit Kira. Qu'est-ce qu'on fait, maintenant ?

– On inverse la gravité, répondit-il en griffant frénétiquement la terre.

Un nouveau grêlon le cingla, aussi sèchement que si quelqu'un l'avait frappé à la nuque avec une serviette mouillée. Puis un autre rebondit sur sa main, et malgré l'engourdissement dû au froid, une douleur aiguë irradia dans son bras.

Peu à peu, Yoshi réussit à dégager l'appareil de sa gangue terreuse. En vérité, la pluie l'aidait, car elle lavait l'objet de la boue dont il était recouvert. Deux symboles luisaient dans le noir ; l'un des deux n'était pas le même que celui qu'utilisait Anna pour diminuer la force de gravitation.

Il l'avait vue faire plusieurs fois. Il suffisait d'appuyer fort et en même temps sur les signes qui correspondaient à la micropesanteur...

Il y eut un déclic, les symboles s'allumèrent, et l'écrasante sensation disparut. Yoshi se sentit décoller tout doucement.

Soudainement, la pluie battante se changea en bruine légère, et les branches des arbres se redressèrent brusquement, comme libérées d'une énorme charge de fruits. Les grêlons qui les martelaient un instant auparavant étaient devenus aussi aériens que des flocons de neige.

Yoshi ferma les yeux. Pour la première fois depuis qu'il était entré dans le cercle sombre, il prit une profonde inspiration.

Il entendit Kira, juste à côté de lui.

– Ça va ?

– Oui. Un bon feu, et tout ira mieux.

– Est-ce que tu vas tenir ta promesse, Yoshi-chan ? Tu me laisseras t'accompagner ?

Il rouvrit les paupières.

– Je suis peut-être un *hafu*, mais je ne manque jamais à mes promesses.

– Ne sois pas triste, répondit-elle en souriant. On appelle les gens comme toi des demi-sang, mais tu as une moitié japonaise et une autre moitié venue d'ailleurs. Ça veut peut-être vraiment dire que tu es deux personnes en une. Un duo, comme ma sœur et moi.

Yoshi soupira en renversant la tête en arrière et laissa les gouttes de pluie lui caresser le visage, aussi douces que des plumes.

– Je cherche seulement à être moi-même.

25

Molly

– Je me sens toujours un peu mal à l'idée d'avoir laissé Caleb là-bas.

Javi ne répondit pas. Il était occupé à rallumer le feu. Ils s'étaient tous changés dès leur retour à l'avion, au petit matin, mais ils frissonnaient encore après cette nuit glaciale passée sous la pluie. Ils avaient trouvé des vêtements secs dans les bagages répandus autour de l'épave, mais ils n'étaient ni de la bonne taille ni vraiment du genre qu'ils avaient l'habitude de porter. C'était un peu comme s'ils essayaient de se faire passer pour d'autres personnes.

Des personnes décédées.

– La jungle fera le nécessaire, dit Anna.

La mine impassible, elle remontait les manches trop longues de sa chemise.

Molly ne se sentait pas d'humeur à endurer un cours de biologie. Le problème, avec la jungle, c'était que la mort lui était indifférente. Et il fallait donner un sens à la disparition de Caleb, sinon ils auraient trop de mal à la supporter.

– On devrait quand même dire quelque chose, comme pour M. Keating. On lui doit au moins ça.

Javi, qui soufflait sur les braises à la base du feu, s'interrompit pour la regarder.

– Il était monté pour découvrir où nous sommes et nous aider à rentrer chez nous. Il faut réussir. Voilà ce qu'on lui doit.

– Et cette dernière parole, qu'est-ce que c'était ? reprit Molly. Urssss ? Il essayait peut-être de dire « ours » ?

– Je ne crois pas, répondit doucement Javi. Il avait juste mal.

– Si on veut vraiment savoir ce qu'il a dit, c'est l'idée de Yoshi qui est la meilleure, leur fit remarquer Anna.

Tous levèrent les yeux. Yoshi et Kira s'entraînaient à voler à l'aide du second anneau qu'ils avaient découvert. Ils rebondissaient sur le toboggan jaune vif, à l'avant de l'avion, et Akiko les regardait d'en bas, en riant comme devant les manèges d'un parc d'attractions.

Le Monde des Martiens. Des distractions et des jeux pour toute la famille.

– J'aimerais qu'ils fassent moins de bruit, reprit Anna. La bête qui rugit est toujours quelque part dans la jungle. Elle pourrait nous entendre.

– Encore une bonne raison pour ne pas s'en aller en exploration, acquiesça Molly.

– Mais il faut bien que quelqu'un aille voir ce qui se cache derrière cette cascade, dit Javi. Si c'était vraiment une transmission radio, il y a peut-être une station scientifique pas loin !

– Ou pas, rétorqua Molly.

Personne n'avait capté autre chose que des parasites au talkie-walkie, et les quelques secondes de bips dont parlait Yoshi ne semblaient guère prometteuses.

– Il y a forcément des gens quelque part, par ici, insista Anna. Cet environnement n'est pas naturel.

Molly plongea son regard dans les flammes. Le bois imbibé d'eau sifflait et crépitait. Une moitié de son cerveau en avait assez d'élaborer des théories et voulait seulement pleurer la perte de Caleb. L'autre moitié ne cessait de retourner les données du problème dans tous les sens.

– Qu'est-ce que tu entends par là, exactement ? interrogea-t-elle.

– Les animaux d'ici sont adaptés à des conditions physiques anormales, dit Anna. Les oiseaux siffleurs savent voler en micropesanteur. Les déchiqueteurs attaquent dès qu'ils la ressentent. C'est comme s'ils avaient évolué en même temps que cette technologie.

– Combien d'années faudrait-il à des oiseaux pour développer une nouvelle manière de voler ? demanda Javi.

– Des milliers ? répondit Anna. Des millions ? Il n'y a que deux possibilités : soit cette technologie est vraiment très ancienne, soit cette jungle est artificielle, comme tout ce qu'elle contient.

Javi jeta une branchette dans le feu.

– Tu veux dire, génétiquement modifiée pour nous retourner le cerveau ? interrogea-t-il.

– Ça, non. Mais fabriquée dans un but particulier. Ce qui signifie que ses concepteurs sont quelque part. Il suffit de les trouver. Derrière la cascade, par exemple, à l'évidence.

Molly embrassa la jungle du regard. En les écoutant, elle se demandait vraiment s'ils se souvenaient que l'un de leurs camarades était mort la veille au soir.

Elle entendait les arbres craquer sous l'action du vent. Ou peut-être étaient-ce un effet de son imagination et l'écho des crépitements du feu.

Yoshi et Kira étaient assez haut, à présent, et ils s'apostrophaient en japonais. Anna ne les quittait pas des yeux.

– Tu as envie de les accompagner, hein ? dit Molly.

Anna acquiesça de la tête.

– Il faut vraiment qu'on en sache plus sur cet endroit.

– Mais chaque fois qu'on sort du camp, quelque chose essaie de nous tuer ! Les étranglianes. Les déchiqueteurs. Et maintenant, Caleb est mort. À cause de quoi ? De la gravitation ! Une loi de la nature ! Sans compter la bête qui pousse ce...

La corne de brume résonna au même instant.

Très fort, et si près que Molly sentit ses petits cheveux se dresser sur sa nuque. Et son intonation n'avait plus rien de mélancolique. C'était un rugissement de fureur.

– Molly ! souffla Javi, le regard dirigé derrière elle.

– Ho ho...

Anna s'accroupit lentement et ramassa l'antigraviton, posé à ses pieds.

Molly se retourna et découvrit la créature.

À mi-chemin entre eux et la carcasse de l'avion se tenait un énorme oiseau coureur campé sur ses deux pattes à la peau fripée. Il était bien plus grand qu'une autruche – près de quatre mètres de haut – avec une tête plantée au sommet d'un long cou dressé vers le ciel. Les plumes vertes iridescentes qui recouvraient son corps étaient ébouriffées, un peu à la manière d'un chat en colère qui hérisse sa fourrure pour se faire plus gros.

Sa tête était sans doute l'une des choses les plus étranges qu'eût jamais vues Molly. Elle semblait uniquement constituée d'un énorme bec semblable à une paire de ciseaux en os affûtée comme un rasoir, aux mandibules seulement interrompues par de petits yeux rouges et luisants.

Molly l'imagina aiguisant son bec contre le tronc d'un arbre en laissant de longues balafres sur l'écorce, encore et encore...

En plein saut, Kira poussa un cri d'avertissement.

– *Abunai !*

L'oiseau inclina la tête sur le côté pour mieux l'examiner de son œil cruel et les regarda, elle et Yoshi, redescendre lentement en direction d'une Akiko pétrifiée.

– Elle a raison, confirma Anna. Il est dangereux.

– Où est Oliver ? murmura Molly.

– Dans l'avion, répondit Javi.

Kira et Yoshi atterrirent à côté d'Akiko, l'attrapèrent

chacun par une main et rebondirent aussitôt en direction de l'épave.

L'oiseau géant ébouriffa un peu plus ses plumes et fit un pas dans leur direction. Ils le virent se ramasser sur ses pattes puissantes...

Les idées se bousculaient dans la tête de Molly. Cet animal était-il adapté à la micropesanteur ? En plein vol, le sabre de Yoshi ne servirait pas à grand-chose.

– Hé ! L'oiseau ! hurla-t-elle.

La bête hésita et la fixa d'un œil menaçant.

Molly se pencha vivement sur le feu, d'où elle tira la plus grosse branche enflammée qu'elle put trouver. Un nuage de fumée et d'étincelles monta vers le ciel.

– Apesanteur ! Maintenant ! cria-t-elle.

– Tout de suite ! répondit Anna en pressant les boutons.

Molly sentit l'onde la traverser. Elle lança sa branche de toutes ses forces, et celle-ci fila tout droit en tournoyant, jusqu'à atteindre la limite du champ antigravitationnel. Là, son vol s'incurva, mais elle continua tout de même, portée par l'impulsion. Elle finit par s'écraser sur le sol dans une gerbe d'étincelles, et termina sa course en roulant, toute fumante, aux pieds griffus de l'oiseau géant.

L'animal fit trois ou quatre petits bonds en arrière, en laissant l'empreinte de ses serres dans la terre humide.

– Préparez-vous pour la pesanteur ! lança Anna.

Leur poids redevint normal et ils retombèrent. L'oiseau étira le cou en direction de Molly et émit un long sifflement. Molly vit sa langue verte dardée entre ses mandibules.

– Je crois que tu l'as énervé, commenta Anna.

C'était une évidence. L'animal avança en écartant ses courtes ailes pour se faire encore plus imposant et effrayant. Avec ses plumes, dont l'extrémité paraissait barbelée, il avait l'air d'un énorme amas d'hameçons verts qui se dirigeait droit sur elle.

Molly empoigna une autre branche enflammée.

– S'il vous plaît, faites qu'il ait peur du feu, murmura-t-elle.

Javi s'était jeté sur le kit de survie et fouillait frénétiquement à l'intérieur. Il en tira le couteau, qu'il brandit devant lui.

Ces quelques centimètres de métal lui parurent bien dérisoires face à l'énorme oiseau qui approchait lourdement. À chacun de ses pas, Molly sentait vibrer la terre sous ses semelles.

C'est comme ça que ça marche, dans la jungle, songea-t-elle. *On cherche, on tâtonne, on échafaude des théories, on résout des problèmes... Et puis arrive une bête plus grosse que vous. Et on se fait dévorer.*

L'oiseau était à une vingtaine de mètres lorsqu'il fit un bond. Il plia ses pattes puissantes et se propulsa dans les airs en direction de Molly, comme un gigantesque missile de plumes barbelées et de muscles pourvu d'un bec acéré.

Elle leva sa branche enflammée devant elle...

Tout à coup, Molly eut l'impression d'être écrasée sous un poids énorme. L'oiseau roula brutalement au sol dans un nuage de poussière et de coups de griffes.

Elle tenta de l'esquiver en sautant sur le côté, mais avec l'hypergravitation, elle avait l'impression d'avoir les pieds plantés dans du ciment. Elle réussit à peine à faire un pas avant que la masse de plumes furieuse la dépasse. Une douleur fulgurante irradia dans toute son épaule.

L'oiseau géant roula dans le feu, dans une gerbe d'étincelles et un nuage de fumée. Il se mit à pousser des glapissements d'orgue discordant, une version plus aiguë de sa corne de brume.

Puis la gravitation changea une nouvelle fois, passant sans transition de la double pesanteur à la micropesanteur. Tout s'envola autour de Molly. Des bûches enflammées explosèrent dans le feu, en projetant des nuages de poussière, de plumes brûlées et de vêtements mis à sécher. L'oiseau bondit très haut en poussant des cris rauques et Molly exécuta un saut périlleux arrière aérien. Du coin de l'œil, elle aperçut Javi qui reculait en nageant dans l'air et en agitant son couteau à l'aveuglette à travers la fumée.

– Préparez-vous ! Retour à la normale ! hurla Anna au milieu de ce chaos.

La pesanteur se rétablit et Molly roula sur le sol en haletant. Partout des bouts de bois fumaient, répandus parmi les plumes et le contenu du kit de survie.

– Ça va, les amis ? interrogea Anna.

Elle serrait l'antigraviton dans ses bras. Javi, debout à côté d'elle, regardait autour de lui avec affolement.

– Je crois. Mais où est-il passé ?

Molly scruta les nuages de poussière et de fumée.

L'oiseau géant se relevait lentement, à la lisière de la clairière. Il les fixa de ses petits yeux rouges et furibonds. Il avait les plumes roussies, arrachées par endroits, et il boitait. Il se tourna vers eux.

Il n'avait pas l'air découragé de se battre.

Molly se remit péniblement sur ses pieds.

– Prête à lui refaire le coup de la double G ?

Anna acquiesça, mais au même instant Molly se sentit soulevée par une vague d'apesanteur et Yoshi passa au-dessus d'elle. Il atterrit entre le feu éparpillé et l'animal blessé, puis d'un geste fluide dégaina son sabre, dont la lame scintilla à la lumière.

L'oiseau géant le fixa avec haine durant un long moment, puis émit son mugissement de corne de brume et se détourna. Il s'enfonça dans la jungle en claudiquant, arrachant les feuilles à coups de griffes au passage.

Quelques instants plus tard, il avait disparu.

Molly sourit, puis chancela, prise de vertige.

Elle baissa les yeux sur son épaule droite. Sous sa manche en lambeaux, le sang suintait d'une longue estafilade. La plaie était enduite d'une sorte de gel vert qui luisait et palpitait au soleil.

– Ça, c'est bizarre, dit-elle.

Anna s'approcha pour examiner sa blessure.

– Ça fait mal ?

Molly secoua la tête. Tout à coup, elle ne ressentait plus aucune douleur. Ni la coupure, ni les contusions, ni la fumée qui irritait ses poumons. Il lui semblait que tout ce qui l'entourait était nappé d'une brume qui adoucissait les contours, et elle était tellement épuisée qu'elle avait du mal à conserver les yeux ouverts.

Le temps de s'effondrer dans l'herbe, elle ne ressentait plus rien.

Ils se firent leurs adieux le lendemain à l'aube, au bord du ruisseau. Yoshi prévoyait d'en suivre le cours jusqu'à la cascade, puis de passer au-delà. Pas si mauvais, comme plan, songeait Molly, même si ce qui pouvait se trouver *au-delà* de la chute d'eau lui semblait un peu difficile à imaginer.

Mais tout lui paraissait confus, aujourd'hui.

Sa blessure à l'épaule était toujours d'un vert irisé, comme si l'oiseau lui avait injecté un peu de la couleur de son plumage. Elle avait tenté de laver la plaie à plusieurs reprises, mais rien n'y faisait, le vert ne partait pas.

Elle ne souffrait pas. Pas du tout. Et, d'une certaine manière, ce mystérieux engourdissement lui semblait plus inquiétant que la douleur.

– Tout est là, dit Anna.

Elle avait préparé deux sacs à dos d'équipement : couteaux, lampes de poche, tablettes allume-feu, miroirs de signalisation et kits de premiers secours. Yoshi, Kira et elle emportaient les dernières fusées de détresse et la nourriture d'avion encore consommable, dont ceux qui restaient au camp n'auraient pas besoin.

La veille au soir, Akiko s'était laissé convaincre, bien à contrecœur, d'attirer un autre oiseau siffleur vers son funeste destin. Yoshi avait essayé de l'abattre d'un coup de katana et l'avait manqué, mais Javi l'avait pris au filet en utilisant l'un de ceux qui servaient à retenir les bagages dans la soute. Ce faisant, il avait failli mourir d'un coup de sabre mal placé, par suite d'une mauvaise coordination collective, mais le volatile avait merveilleusement rôti avec des baies *omoshiroi*.

Le moment de la séparation était arrivé. Akiko pleurait en serrant Kira dans ses bras. Yoshi attendait, l'air gêné, et Anna regardait tout ce qui l'entourait de ce même regard vide qu'elle avait depuis la mort de Caleb.

Voilà un début d'exploration qui n'est pas très prometteur, songea Molly. Le vent froid avait cessé de souffler et les phospho-mouches étaient plus nombreuses que d'habitude dans la pâle clarté de l'aube. La jungle bourdonnait comme un tube au néon déréglé.

– On sera de retour dans trois jours, annonça Anna en embrassant la joue de Molly du bout des lèvres. On va trouver de l'aide. Des gens qui sauront comment guérir cette infection ou ce truc que tu as.

Molly sourit en se demandant si Anna était aussi confiante qu'elle voulait le faire croire ou s'il s'agissait de l'un de ses petits mensonges innocents. Elle décida de mentir également.

– Je suis sûre que vous reviendrez. Après tout, vous n'avez que trois jours de nourriture.

– Il faut qu'on parte maintenant, intervint Yoshi.

Il souleva son sac à dos et le mit sur ses épaules. Il avait l'air impatient de s'éloigner d'Akiko et de ses pleurs.

Anna prit le nouvel antigraviton.

– Occupez-vous bien d'Oliver. Et méfiez-vous des oiseaux tueurs blessés.

– Ne t'inquiète pas pour nous, répondit Molly.

Une onde de micropesanteur lui fit palpiter le cœur, puis Anna, Kira et Yoshi bondirent légèrement jusqu'à la cime des arbres. Quelques instants plus tard, ils avaient disparu.

La pesanteur redevint normale. Durant un moment, personne ne dit un mot.

Ce fut Molly qui rompit le silence.

– On aurait peut-être dû y aller tous ensemble. Pour ne pas se perdre.

– Tu ne peux aller nulle part tant que cette blessure ne sera pas guérie, répliqua Oliver.

– Je n'ai même pas mal.

Molly se reprochait d'avoir choisi de rester au lieu de partir en exploration. Elle se trouvait faible, timorée. Ce sentiment s'estompa aussitôt, chassé par une nouvelle nausée – la centième peut-être, depuis que l'oiseau géant lui avait injecté son poison dans le sang.

Que se passait-il à l'intérieur de son organisme ?

Et combien de temps devrait-elle attendre avant de le découvrir ?

26

Anna

Il leur fallut presque la journée pour atteindre la chute d'eau.

Kira sautait avec beaucoup d'énergie, mais elle et Yoshi n'arrivaient pas à bien se synchroniser. Lorsqu'ils perdaient le rythme, ils se mettaient à tournoyer lentement, tous les trois ensemble, et Anna avait l'impression d'avoir avalé une ration de dégobillettes. Pour ne rien arranger, Yoshi et Kira n'arrêtaient pas de se quereller en japonais, sans doute pour savoir à qui était la faute.

Lorsque le grondement de la cascade se rapprocha enfin, Anna se sentit presque soulagée à l'idée de se soucier des étranglianes au lieu de devoir lutter contre la nausée.

Ils se posèrent sur le gros rocher qui surmontait les chutes et se détachèrent. Yoshi se mit à observer le sous-bois, la main sur la poignée de son sabre.

– Il faut remplir nos bouteilles, dit-il, mais soyez prudentes.

Anna leva les yeux au ciel.

– Je vais prendre un bain, déclara-t-elle en mimant l'acte de se laver pour Kira.

Cette dernière acquiesça et ôta son blouson.

– Elle est vraiment froide, avertit Yoshi.

– Tant mieux, riposta Anna.

Elle avait chaud, elle était en sueur et elle aurait bien aimé oublier que l'état de Molly devait s'aggraver d'heure en heure.

– Et puis plonger est sûrement le meilleur moyen de remplir nos bouteilles sans nous approcher des lianes sur le bord.

– Si elles attaquent, je les tuerai, répliqua Yoshi. Comme ça, elles nous serviront de cordes pour grimper.

Anna le regarda d'un air incrédule.

– Tu suggères de m'utiliser comme appât?

– Ce n'est pas ce que je voulais dire, répondit Yoshi en détournant les yeux. C'est juste qu'elles pourraient nous être utiles.

Anna réprima un sourire. À sa manière, Yoshi lui ressemblait assez. Pragmatique, prêt à faire ce qu'il fallait pour survivre, et pas très diplomate quand il s'agissait de s'exprimer.

Elle se sentait en sécurité avec lui à ses côtés. Et pour le moment, rien ne lui paraissait plus nécessaire qu'un bain froid.

Elle posa son blouson et son sac à dos sur la roche, mais garda ses habits. Elle n'aurait peut-être pas d'autre occasion de les laver durant cette expédition. Et puis Yoshi était là.

Elle s'arma de courage et sauta, mais l'eau était si glaciale qu'elle ne put retenir un hurlement. Du haut du rocher, Kira la regardait d'un œil narquois, mais quand elle plongea à son tour, elle ne put s'empêcher de pousser le même cri étranglé.

Lorsqu'elles remontèrent sur le rivage, Yoshi leva le nez de sa radio pour leur adresser un sourire moqueur.

– Je vous avais prévenues.

Anna frissonnait tellement qu'elle ne réussit pas à hausser les épaules.

– Tu captes quelque chose ? demanda-t-elle en claquant des dents.

Il regarda le sommet de la chute d'eau, voilé de brumes.

– Que des parasites. Mais je te jure que j'ai entendu quelque chose la première fois que je suis venu ici.

Anna s'assit et se mit à essorer sa chemise.

– Je te crois.

Elle n'avait pas vraiment le choix. Leur seule chance de soigner Molly était de trouver des gens pour les aider. Elle ne parvenait pas à chasser l'image de sa blessure, verte et luisante, irisée comme l'aile d'un scarabée.

Alors qu'ils survolaient la canopée, durant l'après-midi, ils avaient entendu à deux reprises le cri de l'oiseau géant se répercuter dans la jungle. Chaque fois, il leur avait semblé qu'il leur parvenait de derrière eux, dans la direction de l'épave. Anna espérait vraiment que ses amis n'étaient pas en danger.

Kira était en train de sécher ses cheveux. La teinte rouge des baies *omoshiroi* s'était estompée ; elle frotta sa mèche avec le jus d'une poignée de baies bleues, ce qui la fit virer au violet pâle.

Elle prononça quelque chose en japonais et Yoshi approuva d'un signe de tête.

– On devrait commencer à grimper, dit-il.

Anna leva les yeux vers le ciel brumeux. Il y avait très probablement tout un écosystème différent, là-haut, avec sa chaîne alimentaire particulière, ses plantes et ses animaux comestibles. Et ses prédateurs, évidemment.

Avec un peu de chance, il y aurait aussi des gens – des extraterrestres, quelqu'un, n'importe qui – qui auraient de quoi soigner Molly.

Quoi qu'il en soit, Anna se disait que ce serait forcément très *omoshiroi*.

– D'accord, dit-elle. Allons-y.

Ils s'encordèrent à nouveau et entamèrent l'ascension. La pente, de plus en plus abrupte, devint peu à peu presque verticale. Un mur de pierre.

Anna avait l'impression de grimper en rêve. Le rugissement de la cascade couvrait tous les bruits. Grâce à l'antigraviton, elle pouvait supporter son propre poids d'une seule main, et même à deux doigts lorsque la fantaisie lui en prenait. Le plus difficile était de ne pas se laisser emporter quand une forte rafale essayait de les décoller de la paroi. À l'idée de ce qui l'attendait si elle lâchait, même en apesanteur, Anna sentait son estomac se serrer.

Que leur arriverait-il en cas d'attaque des déchiqueteurs ? Pas question d'éteindre l'anneau. La chute leur serait fatale.

Il lui fallut une bonne heure pour réussir à se détendre. Ces oiseaux ne volaient probablement pas si haut, même s'il était vraiment difficile d'estimer l'altitude, avec les nuages dont les volutes tournoyantes dissimulaient tout ce qui les entourait. Elle ne voyait rien d'autre que ses deux compagnons.

– Tu ne crois pas qu'on devrait commencer à apercevoir quelque chose, maintenant ? lança-t-elle. Dans la jungle, le brouillard ne montait qu'à soixante-dix ou quatre-vingts mètres.

Yoshi s'arrêta de grimper pour boire, en se retenant d'une seule main.

– Qu'est-ce qui produit la brume ? demanda-t-il.

– L'humidité qui s'évapore de la végétation, répondit Anna, mais nous sommes trop haut pour ça. Cette montagne doit émerger entre les nuages.

Après l'avoir écoutée, Yoshi traduisit pour Kira. Anna en profita pour prendre quelques gorgées d'eau. Elle commençait à avoir des crampes dans les doigts. Cette paroi rocheuse était tellement lisse. Elle ne présentait pas la moindre aspérité, même pas une corniche où reposer ses pieds.

Et si c'était une muraille, en réalité, un énorme rempart ?
Mais pour retenir quoi, exactement ?

Le seul moyen de le savoir était de grimper jusqu'au sommet.

Le coucher du soleil était tout proche. À présent, Anna avait vraiment mal aux mains. Grâce à l'antigraviton, elle ne pesait certes pas très lourd, mais elle était obligée de s'accrocher à la roche. C'était comme devoir porter un œuf pendant des heures, sans avoir la possibilité de le poser ne serait-ce qu'une seconde, parce qu'il risquait de se casser au moindre faux mouvement.

– Et si on ne trouve aucun endroit où s'arrêter ? dit-elle. Si ce mur n'a pas de fin ?

– N'y pensons pas, répliqua Yoshi. On continue et on arrivera au sommet.

– D'accord, dit-elle.

Un insidieux sentiment de panique progressait lentement dans son esprit. Elle essaya de se rassurer : même si elle lâchait prise et entraînait les autres avec elle, ils redescendraient juste tout doucement, comme trois plumes.

Sauf qu'ils auraient perdu tout un après-midi à grimper pour rien et que les rafales pouvaient les emporter à des kilomètres de leur point de départ. Et qu'il faudrait une journée de plus pour trouver un traitement pour Molly.

Tout à coup, une longue plainte sifflante, grave et familière, monta de la vallée en dessous.

– *Yokaze*, dit Kira.

– Le vent de la nuit, traduisit Yoshi.

– Excellent nom, répliqua Anna.

Elle frissonna. C'était le même vent glacé qui avait balayé la jungle deux nuits auparavant et entraîné Caleb vers sa mort.

S'ils tombaient maintenant, les rafales les emporteraient. Et si elles leur faisaient survoler une zone de double G, ils seraient réduits en purée. Elles pouvaient aussi les pousser sous la cascade rugissante.

Anna espérait sincèrement que ses doigts n'allaient pas

s'engourdir au point qu'elle ne puisse plus s'en servir. L'air devenait plus glacé de minute en minute.

— On aurait dû prendre des gants, souffla-t-elle.

— Je t'avais dit qu'il ferait froid, répliqua Yoshi.

Anna soupira. Elle avait bien un blouson, mais elle l'avait attaché autour de sa taille au début de l'ascension. À présent, il lui était impossible de l'enfiler.

Elle sentit le *yokaze* lui ébouriffer les cheveux et insinuer ses doigts glacés sous sa chemise. Un frisson lui remonta le long de l'échine.

Une rafale plus brutale que les autres la secoua soudainement et sa main droite glissa.

Elle voulut se retenir à l'une des plantes rabougries qui poussaient dans les fissures de la roche, mais les racines cédèrent. Anna se sentit dériver et tenta de se rattraper, mais ses doigts ne se refermèrent que sur le vide.

— Heu, les amis, dit-elle. *Abunai!*

Elle baissa les yeux sur l'abysse nuageux qui s'ouvrait au-dessous d'elle et son estomac fit un saut périlleux dans son ventre.

Elle s'obligea à s'immobiliser. S'agiter dans tous les sens ne lui servirait à rien, et les autres auraient encore plus de mal à se retenir. Kira et Yoshi faisaient de leur mieux pour assurer leur prise.

Les élastiques s'étirèrent lentement, se tendirent, puis la ramenèrent en douceur vers la paroi, où Anna se cramponna de toutes ses forces, avec l'impression que son cœur était remonté dans sa gorge et battait à l'étouffer.

– Excusez-moi, dit-elle. Je me suis rattrapée à la mauvaise plante.

Yoshi était très pâle, mais il répondit calmement.

– Rappelle-toi qu'en escalade, il ne faut jamais se fier à la végétation.

– Surtout ici, où les plantes sont aussi capables de vous dévorer, rétorqua Anna.

Elle tenta de rire à sa propre blague, mais son rire ressemblait à un couinement terrifié.

– Yoshi ! appela Kira.

Elle ajouta quelque chose en japonais. Anna leva les yeux. Le vent avait un peu écarté les vapeurs nuageuses et une forme sombre se dessinait juste au-dessus de Kira.

L'entrée d'une caverne.

– On devrait peut-être se reposer, suggéra Yoshi.

Anna le dévisagea d'un air effaré.

– *Tu crois ?*

Il ne leur fallut qu'une minute pour atteindre la cavité. Le *yokaze* mugissait et tournoyait autour de l'ouverture, menaçant de les entraîner vers le gouffre embrumé.

– Prêts ? J'éteins l'appareil, annonça Anna.

Ses compagnons acquiescèrent et elle pressa les symboles.

La pesanteur normale leur fit l'effet d'une tonne de plomb. Anna s'écroula à genoux sur le plancher rocheux de la grotte. Elle avait vraiment mal aux mains après ces longues heures d'escalade, mais pour le reste, elle avait l'impression d'avoir des muscles en caoutchouc. Elle se sentait très faible. Et affamée.

– Aïe, fit Kira en se massant les articulations.

– Tout à fait d'accord, rétorqua Anna.

Ses doigts gelés étaient si endoloris qu'elle n'arrivait pas à défaire la fermeture Éclair de son sac à dos. L'odeur des barres énergétiques lui parvint à travers leur emballage ; elle regrettait déjà sa décision de les avoir rationnées à deux par repas et par personne.

Elle en prit une, qu'elle ouvrit d'un seul geste et dévora en trois coups de dents, puis but longuement à la bouteille. Kira était en train de déchirer un paquet de bretzels. Ils étaient secs et rassis, mais rien qu'à sentir leur odeur, Anna en eut l'eau à la bouche.

Elle se rendit subitement compte d'une chose : il faisait chaud, dans cet endroit. Elle posa les mains à plat sur le sol.

La pierre était tiède.

Kira écrasa un biscuit. Le craquement résonna en écho vers le fond de la caverne.

– On dirait qu'il y a une galerie, par là, dit Anna à voix basse.

Yoshi acquiesça d'un hochement de tête machinal. Il se concentrait sur sa radio. Au lieu de l'habituel crissement de parasites, elle émettait des pulsations sonores brèves et assourdies.

Bip, bip, bip...

Anna se sentit submergée de soulagement. C'était bien une sorte de signal, le rythme bien ordonné de la civilisation. Une promesse de remèdes et de nourriture, sans créatures avides de vous dévorer.

Avec un peu de chance, Molly s'en sortirait et ils rentreraient tous à la maison.

Yoshi écouta encore un moment, puis déposa sa radio à côté de lui et s'assit en tailleur, le regard fixé sur le mur de brume à l'extérieur.

– Tu n'as pas faim? s'enquit Anna. Tu préférerais qu'on explore cette caverne d'abord?

Il prit une gorgée d'eau.

– Attendons un peu, dit-il. Le vent est en train de chasser le brouillard. On n'est encore jamais montés aussi haut. Bientôt, on pourra enfin voir où on est.

Anna jeta un regard à Kira, qui lui tendit quelques bretzels avec un haussement d'épaules. Yoshi avait raison. Les lueurs du crépuscule teintaient les brumes de rose et de rouille, et des formes commençaient à se dessiner à l'horizon. Le *yokaze* faisait fuir les nuages et le paysage au-dessous émergeait peu à peu.

Ils s'installèrent tous les trois à l'embouchure de la caverne et attendirent, dans l'espoir qu'un fragment de la vérité leur soit enfin révélé.

27

Javi

— On n'est pas des laissés-pour-compte, Molly, dit Javi en s'essuyant la bouche avec l'une des serviettes en tissu de la première classe. Ce sont eux, les idiots qui sont partis courir dans la jungle avec des cacahuètes et des bretzels rassis pendant que nous nous régalons d'oiseau siffleur ici !

— Comme au déjeuner, lui fit remarquer Oliver. Et aussi au petit déjeuner.

Javi lui jeta un regard indigné.

— Tu oses critiquer cette volaille ?

— Pas du tout, rétorqua Oliver en se tournant vers Molly, mais on pourrait peut-être essayer quelque chose de nouveau. Ces baies violettes qui poussent sous l'aile gauche de l'avion, par exemple.

— Après toi, je t'en prie, maugréa Javi.

Pour lui, le siffleur accompagné de baies *omoshiroi* était l'équivalent du poulet rôti avec purée : on pouvait lui en proposer tous les jours, il ne s'en lasserait jamais.

La faim y était peut-être pour quelque chose. Ils avaient passé l'après-midi à transformer l'épave en fort afin de se protéger de l'oiseau géant. Le soir venu, il avait le ventre si creux qu'il aurait dévoré n'importe quoi.

Leurs efforts avaient été productifs. En première classe, chaque siège était installé dans une sorte de mini-compartiment individuel. Ils n'avaient pas été déracinés, comme ceux, beaucoup moins solides, de la classe économique. Le petit groupe avait épongé l'eau de pluie et remplacé les coussins manquants, et la cabine avait retrouvé tout son luxe ! La toiture éventrée laissait entrer un peu de la fraîcheur de l'air nocturne – juste ce qu'il fallait de nature, selon Javi.

Quand Oliver avait trouvé la vaisselle de la première classe, l'ambiance était devenue tout à fait civilisée. S'installer à la place des passagers disparus donnait peut-être un peu la chair de poule, mais ils dormiraient bien plus en sécurité qu'à l'extérieur. Javi préférait de loin l'idée d'affronter quelques fantômes perturbés à la perspective de se défendre contre des lianes carnivores et des oiseaux géants.

En prime, ils avaient trouvé, dans les tiroirs de la petite cuisine de la première classe, des mini-bouteilles de Tabasco qui leur avaient permis d'épicer à la perfection la sauce aux *omoshiroi*.

Ils venaient de terminer leur repas. Akiko s'essuya les mains et prit sa flûte. Javi se demanda quel était son état d'esprit, maintenant que Yoshi et Kira étaient partis et qu'elle n'avait plus personne à qui parler. Cela dit, elle ne paraissait pas perturbée pour autant. Elle avait travaillé avec beaucoup de bonne volonté toute la journée, à aménager l'avion, et à présent elle semblait se satisfaire d'écouter les oiseaux et d'imiter leurs chants avec sa flûte.

– On devrait peut-être essayer de faire quelque chose d'utile, ce soir, suggéra Molly tout en essuyant son couteau et sa fourchette.

Javi la regarda avec un peu d'inquiétude. Elle était pâle, et même si sa blessure était couverte d'un bandage, Javi l'avait entrevue quand Molly avait refait son pansement. Elle était d'un vert étrange et luisant.

– On s'est bâti une forteresse de luxe dans la jungle, répondit-il. Ce serait bien que tu te reposes.

Molly secoua la tête.

– Je vais très bien.

– Ce n'est pas vrai ! rétorqua Oliver. Cet oiseau t'a fait quelque chose de pas normal. Arrête de te comporter comme s'il ne s'était rien passé !

– C'est du terrible canard de l'Apocalypse que tu parles ? lança Molly avec un sourire.

Oliver lui adressa un regard noir, puis se tourna vers Javi, dont la première tentative pour nommer la créature avait peut-être été un peu incongrue.

– Oliver, je ne veux pas te mentir, dit Molly avec douceur. Je me sens bizarre, mais je ne peux pas rester assise à ne rien faire pendant que les autres prennent tous les risques. Il faut au moins qu'on réfléchisse à un moyen de rentrer à la maison.

Oliver ne répondit rien, et ce fut Javi qui reprit la parole.

– À quoi tu penses ?

– On pourrait tester de nouveaux symboles sur l'antigraviton.

Javi regretta d'avoir posé la question. Anna, Kira et Yoshi avaient emporté l'anneau qu'ils avaient récupéré au centre de la zone d'hypergravitation et leur avaient laissé l'ancien.

– En quoi ça peut nous aider à trouver des secours ? interrogea Oliver.

Molly haussa les épaules.

– Pour le moment, on n'en sait rien. Mais si cette machine est capable de dérégler les lois de la gravitation universelle, qui sait ce qu'elle peut faire d'autre ?

Javi se demanda si Molly cherchait simplement à aider Oliver à se changer les idées ou si elle croyait sincèrement en la possibilité de trouver un moyen de rentrer. Peut-être aussi voulait-elle leur démontrer qu'elle ne baissait pas les bras, et dans ce cas, il ne pouvait vraiment pas le lui reprocher.

– Récapitulons, dit Molly.

Ils étaient à une centaine de mètres de l'avion, assez proches pour pouvoir s'y réfugier si le terrible canard de l'Apocalypse montrait le bout de son bec. Pour sa part, Javi se serait senti rassuré d'être un peu plus près.

– Nous savons que ces deux pictogrammes annulent la pesanteur, reprit Molly. Et que si on utilise celui-là, c'est le contraire : on la fait augmenter.

Javi alluma sa lampe de poche. À ses yeux, tous ces symboles n'étaient que des gribouillages. Il n'y avait même pas une flèche pour différencier le haut du bas, ce qui aurait permis d'y comprendre quelque chose.

Voilà qui était bien le signe d'une conception imparfaite... ou extraterrestre.

– Donc le symbole commun aux deux combinaisons signifie « gravitation », proposa Oliver.

– On n'a qu'à laisser celui-là tranquille, intervint Javi. On n'a pas envie de se faire écrabouiller, hein ? Ni d'inverser la gravité et de se retrouver catapultés dans l'espace !

– Je suis d'accord, acquiesça Molly. Mais on pourrait tenter une expérience contrôlée avec les signes « moins » et « plus ».

– Et le plus sûr, c'est quoi, à votre avis ? Plus ou moins ? interrogea Javi.

– Ça dépend de ce que font les autres symboles, j'imagine, répliqua Molly.

– Et ça, nous n'en avons aucune idée, leur fit remarquer Oliver. On pourrait tomber sur un signe qui veut dire « Douleur de haute intensité » ou « Hé, l'anneau, fais diminuer la quantité d'oxygène au maximum ! »

Javi considéra l'appareil d'un œil dubitatif.

– Tu crois vraiment que c'est une bonne idée ?

– On va juste en essayer un, répondit-elle. Ça pourrait tout changer, comme le fait de pouvoir voler.

Ça, c'est sûr que ça a changé beaucoup de choses pour Caleb, songea Javi. Pareil au chant d'un fantôme, le son mélancolique de la flûte d'Akiko leur parvint, porté par la brise nocturne. Apparemment, elle ne savait pas jouer autre chose que des airs mélancoliques.

– Dans le cas de la gravitation, le réglage minimal était le moins dangereux, reprit Javi. Commençons par ça.

Molly consulta Oliver du regard, mais celui-ci se contenta d'un haussement d'épaules.

– Allons-y, dit-elle.

Elle pressa l'un des deux symboles découverts par Anna, puis elle fit pivoter l'anneau intérieur en comptant les signes.

– Am, stram, gram...

Javi pointa le faisceau de sa lampe sur les mystérieux pictogrammes et déglutit. Ça lui rappelait le tirage au sort lorsqu'ils avaient goûté les baies. Ils allaient encore se retrouver avec des dégobillettes, c'était certain. Akiko interrompit sa mélodie et les observa en silence, attentivement.

– Préparez-vous à... je ne sais pas quoi, annonça Molly en pressant les boutons qu'elle avait choisis.

Javi s'attendait à devoir affronter une transformation épique des lois de la nature, mais il ne se passa rien. Si ce n'est qu'au bout de quelques secondes, la lumière de sa lampe torche se mit à vaciller.

– Ha, fit Molly, plus de piles ?

– On s'est à peine servis de celle-là... répondit Javi en la secouant.

Il se pencha dessus. La petite ampoule brillait encore très faiblement.

– Hum, dit-il. Je pense que tu as réglé ma lampe sur « moins ».

– Bon, ce n'est pas aussi cool que d'influencer la force de gravitation, commenta Oliver. Tu es sûr qu'elle n'est pas cassée ?

– Il y a un moyen de le savoir, répondit Molly en désactivant l'appareil.

La lampe clignota et la lumière redevint normale.

– *Omoshiroi*, dit Oliver. Et dans l'autre sens ? Si tu essaies sur « plus » ?

– Faisons le test. On ne risque pas grand-chose, hein ?

– Heu... maintenant que tu le dis...

Javi posa sa lampe sur une pierre et recula de plusieurs pas.

– Il y a toujours un risque !

– OK, reprit Molly. Prêts pour allumer la lampe de Javi ?

– Prêt, répondit Oliver.

Javi fit oui de la tête.

Elle pressa les symboles et un rayon de lumière aveuglante fusa brusquement en direction de la forêt.

– *Omoshiroi des ne*, dit Akiko.

– Waouh ! s'écria Javi.

Il toucha sa lampe du bout du doigt. Elle était un peu chaude, mais quand il essaya l'interrupteur, il ne se passa rien. Le bourdonnement de la jungle se fit plus insistant. Les insectes se ruaient en masse dans la lumière.

– Arrête ! glapit Oliver. On risque d'attirer l'oiseau géant !

Molly appuya sur les symboles et la lampe s'éteignit une seconde plus tard.

Aveuglé, Javi battit des paupières pour chasser les fantômes lumineux qui dansaient sur sa rétine. Akiko murmura quelque chose en japonais tout en se frottant les yeux.

Molly prit la lampe des mains de Javi et la ralluma.

– Elle fonctionne toujours.

Une vibration sourde se fit entendre, toute proche.

– Qu'est-ce que c'est ? On dirait un téléphone ! s'exclama Javi.

Oliver sortit le sien de sa poche. Le gros symbole de chargement brillait sur son écran.

– Ça alors ! J'avais pris tellement de photos qu'il était complètement à plat ! s'écria-t-il.

– Donc on peut s'en servir pour recharger la technologie humaine, commenta Molly, ce qui veut dire qu'on aura toujours de quoi s'éclairer. Plus besoin de ces stupides phosphomouches !

– Ne dis pas de mal de mes phosphomouches ! s'insurgea Javi.

Pour commencer, la lumière émise par la lampe était beaucoup trop violente. Il avait encore l'impression de voir des papillons de feu voleter tout autour de lui.

– On pourrait peut-être utiliser des instruments de l'avion, proposa Oliver. Les ordinateurs, l'air conditionné. Et les radios, pour se parler !

Javi fixa l'anneau, puis dévisagea Molly.

– Tu penses à la même chose que moi ? dit-elle.

Il acquiesça.

– Que les émetteurs de l'avion ont une portée beaucoup plus importante que les talkies-walkies ? Et qu'on pourrait envoyer un message à ceux qui sont aux environs depuis le luxueux confort de notre forteresse anti-oiseau ?

– Oh oui, rétorqua Molly.

Javi sourit. En définitive, cette trouvaille valait peut-être encore plus que l'apesanteur.

Même comparé à l'étrange technologie et aux animaux extraterrestres qu'ils avaient découverts, le cockpit de l'avion était sans doute l'un des endroits les plus cool que Javi avait eu l'occasion de visiter.

Les vitrages du pare-brise avaient éclaté sous l'action de la tempête électrique qui avait provoqué le crash, mais les panneaux de contrôle étaient toujours là, avec leurs mille boutons et cadrans. Il y en avait sur chaque centimètre carré des parois et du plafond. En les balayant du rayon de sa lampe, Javi se souvint de la question de Molly et des centaines de kilomètres de câbles. Il n'avait aucun mal à y croire.

Akiko s'installa sur le siège du commandant de bord et posa les mains sur le volant de pilotage.

– Est-ce qu'on sait seulement où est la radio ? interrogea Oliver.

– Il y a un branchement pour un casque audio, ici, lui indiqua Molly. Les boutons à côté sont probablement ceux de la radio.

– Il y a des quantités de trucs dans ce cockpit. Ce serait peut-être mieux de commencer sur « moins », suggéra Oliver.

– Tu as raison, approuva Molly. Prêts ?

Akiko posa les mains sur ses genoux et hocha la tête.

Molly pressa les symboles et la lampe de Javi vacilla de nouveau. La faible lueur de son ampoule était à peine visible dans l'obscurité du cockpit. Les écrans demeurèrent opaques et aucun cadran ne réagit.

Akiko reprit le volant de pilotage et le fit pivoter sur la droite, puis sur la gauche. Javi passa la tête par le hublot de droite pour regarder l'aile. Elle n'avait pas changé d'aspect.

Il rentra la tête.

– Il ne se passe rien.

Oliver tapota l'un des cadrans.

– Le réglage sur « moins » ne fonctionne peut-être que sur ce qui marche déjà.

– Bon, alors préparez-vous. Je règle sur « plus », lança Molly.

Javi éteignit sa lampe et inspira profondément.

D'un coup, le cockpit revint à la vie. Les cadrans se mirent à luire d'un bel orange joyeux et leurs aiguilles frémirent. Les écrans s'illuminèrent et leur montrèrent des plans de l'appareil et des colonnes de chiffres qui défilaient. Des lumières rouges clignotaient dans tous les coins.

Akiko poussa un cri ravi et battit des mains.

– Waouh! s'exclama Javi. L'épave est redevenue un avion!

– On dirait presque qu'il pourrait s'envoler, souffla Molly. S'il n'avait pas les ailes cassées, évidemment.

Un bip aigu et insistant résonna soudainement et ils se regardèrent tous.

– Vous pouvez trouver d'où ça vient? demanda Molly. C'est peut-être un signal!

Akiko pointa le doigt sur un alignement de voyants rouges entre les deux sièges de pilotage. Ils clignotaient exactement en rythme avec le bip.

Puis Javi vit les leviers, juste au-dessous. Ils étaient à moitié poussés vers le haut.

– Heu. Je crois que les pilotes n'avaient pas coupé les moteurs, dit-il.

Une autre rangée de voyants vira au rouge et une sirène se mit à hurler.

Ces bips n'étaient pas des signaux de communication, comprit-il, mais des alarmes !

Sans crier gare, l'avion tressaillit, et ses quarante mètres de carlingue roulèrent d'un bord sur l'autre.

– Éteins ça ! brailla Javi, mais Molly avait déjà réagi.

Dans le cockpit, toutes les lumières s'éteignirent et le silence reprit ses droits.

– *Pfou !* souffla Javi.

Ses oreilles tintaient encore à cause de la cacophonie, pourtant il entendait autre chose. Une plainte métallique et monocorde venant de l'extérieur.

Il passa la tête par le hublot et alluma sa lampe torche.

Le turboréacteur intérieur droit s'était mis en route et tournait à toute vitesse. Ses pales brisées, tordues, frottaient contre leur enveloppe dans un concert de grincements suraigus. Des étincelles et des fragments de métal s'envolaient dans toutes les directions.

Sous ses yeux, une mince ligne de flammes bleues apparut et courut le long du rebord de l'aile.

28

Molly

Javi rentra la tête dans le cockpit. Il était très pâle.
– Qu'est-ce qu'il y a ? demanda Molly, puis elle renifla. Qu'est-ce que...
– Il y a le feu, croassa-t-il.

Au même instant, le *wouf* d'une explosion leur parvint de l'extérieur, accompagné d'une bouffée de chaleur.

Le plancher de l'avion tangua sous leurs pieds, et Molly chancela et traversa le cockpit en crabe. Elle se rattrapa au dossier du fauteuil du copilote, et l'antigraviton lui échappa des mains.

– Dehors ! cria-t-elle. Au toboggan, vite !

Pendant qu'Oliver, Akiko et Javi se bousculaient follement pour atteindre la porte, Molly se mit à quatre pattes pour récupérer l'anneau, mais il était coincé sous le siège du navigateur. En tirant frénétiquement dessus, elle réussit à l'arracher du trou où il s'était logé, puis sortit tant bien que mal du poste de pilotage. Sa blessure à l'épaule palpitait, et elle tituba, prise de vertige.

Le compartiment des premières classes n'était plus qu'un

fouillis de couvertures et d'oreillers tombés des sièges quand l'avion avait basculé. Sur le sol, les petits sachets de sel et de poivre et les minuscules bouteilles de Tabasco étaient répandus au milieu des couverts et des assiettes.

La puanteur de l'incendie alourdissait l'atmosphère, mêlée à celle, huileuse et âcre, du kérosène.

– *Abunai!*

La voix d'Akiko parvint à Molly, aussi claire qu'un tintement de cloche à travers le grondement du feu.

Elle s'élança vers le compartiment suivant. Les autres étaient devant la porte de secours, mais Akiko, les bras écartés, leur barrait le passage.

– Le toboggan! Il se dégonfle! cria Oliver à Molly.

– Le réacteur projetait des fragments partout, dit Javi. Il doit être percé!

Molly dut attendre que son vertige s'estompe pour pouvoir répondre.

– On va descendre en volant. Accrochons-nous les uns aux autres.

Ils se serrèrent autour de Molly. Toute l'aile flambait et une colonne de fumée montait vers le ciel noir. Un souffle torride leur enflamma le visage, comme devant la porte ouverte d'un four surchauffé.

Ce fut à cet instant que Molly vit la taie d'oreiller que Javi serrait sous son bras, comme un sac, et se rendit compte qu'elle était gonflée de couverts et de petites bouteilles.

– Tu es sérieux? s'écria-t-elle.

– Si cet avion brûle entièrement, on n'aura peut-être plus jamais de Tabasco !

– Comme tu veux. À trois, on y va ! Loin de l'aile !

Molly activa l'anneau.

– Un, deux...

Ils sautèrent, mais d'une manière si désordonnée qu'ils s'élevèrent en tournant lentement, dans une sorte de valse, et selon un angle beaucoup trop vertical. Ils commençaient à redescendre quand une brise soudaine les fit dévier de leur trajectoire.

Sauf que cette brise n'en était pas une. C'était l'aspiration de la turbine.

Qui les attirait inexorablement vers le réacteur en feu.

– Rends-nous plus lourds ! cria Oliver.

Molly regarda le sol, dix mètres au-dessous.

– C'est trop haut !

Javi fit tournoyer sa taie d'oreiller et hurla :

– Troisième loi !

Il catapulta son sac improvisé droit vers le ciel, de toutes ses forces. Aussitôt, l'action de la force opposée se fit sentir et les poussa doucement vers le bas. Mais ils continuaient à se rapprocher des flammes et la chaleur était de plus en plus intense. Javi projeta sa lampe de poche vers le haut, ce qui les fit descendre un peu plus...

À trois mètres, Molly désactiva l'antigraviton, et ils chutèrent comme des pierres.

Molly s'écrasa au sol dans un bruit sourd et la douleur explosa dans son bras. Un nouveau vertige la submergea.

Elle battit des paupières et lutta pour se reprendre. Le vent ne faiblissait pas. Il les attirait vers l'incendie. Le réacteur hurlait sa plainte stridente et crachotante. La turbine emballée avalait l'air, qu'elle injectait dans le moteur, pour lui permettre de brûler le carburant et de faire tourner la turbine... Un cycle infernal, qui ne s'interromprait pas de lui-même.

La puissance de l'aspiration augmentait de minute en minute. Molly vit Akiko, la plus petite et la plus légère d'entre eux, déraper vers la bouche béante du réacteur.

– *Abunai !* cria-t-elle désespérément.

Oliver voulut la retenir au passage, mais il commença à glisser également.

La taie d'oreiller remplie de Tabasco retomba du ciel et fut instantanément aspirée. Elle disparut en un éclair, désintégrée.

La chaleur était insoutenable. Molly tendit une main vers l'antigraviton, qui avait roulé à côté d'elle. Elle pressa les boutons...

L'hypergravitation s'abattit sur elle et l'aplatit sur le sol. Akiko et Oliver s'écroulèrent. Ils ne dérapaient plus, mais le feu s'épanouit, plus ardent.

Molly comprit aussitôt. L'air qui alimentait l'incendie était devenu plus lourd et plus dense, et aussi plus riche en oxygène !

Sans se soucier de la pesanteur qui l'écrasait et de son épaule qui lui faisait souffrir le martyre, Molly réussit à régler l'anneau sur « technologie » et « moins ».

Le poids disparut, et le réacteur se mit à tousser et à crachoter. Le hurlement strident du métal frottant contre le métal diminua graduellement, et la turbine finit par s'arrêter dans un long grincement.

Le carburant se consumait toujours, mais l'incendie n'était plus alimenté par un ouragan. Ils battirent en retraite précipitamment vers l'orée de la jungle, suffisamment loin pour ne plus sentir la brûlure des flammes.

Ils s'effondrèrent dans la broussaille. Molly avait le souffle court et l'impression d'avoir l'intérieur des poumons grillé. La puanteur du kérosène s'accrochait à elle, et son visage et ses bras irradiaient de chaleur.

Une douleur sourde palpitait dans son épaule.

– Bon, haleta-t-elle quand elle eut retrouvé la capacité de parler. Jouer avec les réglages : très mauvaise idée.

– Je te l'avais bien dit, acquiesça Oliver.

Molly se tourna vers l'avion. Une immense colonne de fumée montait tout droit au-dessus de la carcasse et disparaissait dans les brumes. Le grondement du feu n'était plus qu'un ronronnement assourdi, presque étouffé par le bourdonnement des phosphomouches qui voltigeaient autour d'eux.

– On n'a pu avoir qu'un seul repas en première classe, gémit Javi. Et tout mon Tabasco s'est envolé !

– Je suis désolée pour toi, dit Molly, mais c'est grâce à lui que nous ne sommes pas morts carbonisés.

– C'est vrai, répondit-il. Mais nous n'avons plus d'abri anti-oiseau.

Molly jeta un regard à son épaule. Son bandage avait glissé, et dans l'obscurité, la blessure répandait une luminescence verte qui se reflétait sur sa peau, tout autour.

Elle releva les yeux et vit que Javi l'observait. Elle essaya de sourire.

– Ça ne me fait pas mal. Pas trop. Je suis plus inquiète au sujet de cet oiseau.

– Au moins, on a du feu pour lui faire peur, lança Oliver avec un geste en direction de l'épave.

Mais quelques instants plus tard, les flammes crépitèrent et crachotèrent, et finirent par s'éteindre dans un dernier soupir brûlant, leur combustible épuisé.

Ils se regardèrent en silence et l'obscurité de la jungle se referma sur eux.

29

Yoshi

– Il se passe quelque chose, là-bas, dit Anna.

Brusquement ramené à la réalité, Yoshi laissa échapper un halètement et ouvrit les yeux. Il s'était adossé contre la paroi tiède de la caverne et avait failli s'endormir pour de bon.

Le spectacle le réveilla tout à fait. Au loin, dans la forêt obscure, un point lumineux était apparu.

– Intéressant, commenta Kira, en enroulant autour de son doigt sa mèche violette.

L'étincelle se fit plus brillante. La brume qui couvrait la jungle s'était estompée, ne laissant qu'un voile très fin que des flammes déchiraient sans peine. Une épaisse colonne de fumée s'éleva dans l'obscurité, masquant les étoiles.

Le vent de la nuit, qui avait dégagé le ciel une heure auparavant, leur avait permis de constater que Caleb avait raison : ces deux luminaires suspendus au firmament étaient trop bas pour être vraiment des lunes. Ils ressemblaient plus à deux ballons illuminés, flottant à peine plus haut que la caverne dans laquelle ils se trouvaient.

Qu'ils soient sur Terre ou non, quelqu'un s'amusait à leur troubler l'esprit.

De leur perchoir, les contours de la jungle étaient clairement discernables. Au bout, dans le lointain, une autre muraille rocheuse barrait l'horizon, parsemée d'une myriade de chutes d'eau. Yoshi espérait que le matin leur permettrait d'en découvrir plus.

La radio bipait toujours, mais le rythme variait sans cesse et personne n'avait répondu à ses appels.

– Attendez, dit Anna. Vous n'avez pas l'impression que ça brûle du côté de... ?

Les flammes s'épanouirent et chassèrent les dernières écharpes de brume. Durant un instant, Yoshi put voir une tranchée, comme une longue cicatrice à travers la canopée.

La ligne de crash, avec cet incendie à une extrémité.

Tout ce kérosène qui inquiétait tant Molly et à cause duquel elle avait exigé qu'ils s'éloignent pour faire du feu... Mais c'étaient des ingénieurs. Ils n'auraient tout de même pas commis une pareille imprudence ?

Kira le regardait d'un œil interrogateur.

– Anna pense que l'avion brûle, dit-il en japonais. Et elle pourrait bien avoir raison.

Kira laissa échapper un halètement et se tourna vers l'incendie.

– Ma sœur, murmura-t-elle d'une voix entrecoupée.

Durant un instant, Yoshi crut qu'elle allait faire une attaque de panique, mais elle se reprit et attrapa son carnet de croquis. Une minute plus tard, sa main faible était de nouveau sûre et le doux crissement de son crayon se fit entendre dans la pénombre.

L'incendie flamboya plus brillamment et un nouveau panache de fumée monta vers le ciel. La colonne sombre s'épaississait à vue d'œil.

– Il faut faire demi-tour, dit Anna.

– Non, rétorqua Yoshi. Ça nous prendrait toute la nuit. Il faut continuer et ramener de l'aide.

– Mais ils sont peut-être blessés, protesta-t-elle.

Anna, qui lui avait toujours paru si calme, forte et maîtresse d'elle-même, avait à présent une voix tremblante.

– Caleb est mort parce qu'il était parti en pleine nuit.

C'était affreux à dire, mais Yoshi savait que c'était également vrai.

– Tu crois qu'ils vont bien ? demanda Kira.

Tout à coup, elle avait la même voix qu'Akiko, douce et hésitante.

Yoshi sentit que c'était à lui de prendre une décision, pour eux tous.

– Ils sont capables de se débrouiller, assura-t-il à Anna. Et nous, notre mission est d'explorer cette caverne et de trouver de l'aide. Maintenant. Sans attendre le matin.

Anna prit une inspiration saccadée, puis se ressaisit et hocha la tête.

Kira n'avait pas besoin de traduction. Elle ferma son carnet et le rangea dans son sac.

Yoshi se figea dans l'obscurité. Le grattement était revenu.

Quelque chose bougeait, là, quelque part dans les profondeurs de cette grotte. Il l'avait entendu dès les premiers instants, après avoir pénétré dans les galeries qui s'enfonçaient au cœur de la roche.

Il empoigna la garde de son sabre et fit glisser quelques centimètres d'acier luisant hors de son fourreau.

– Lumière, chuchota-t-il en japonais.

Kira alluma sa lampe et le rayon troua les ténèbres.

Il y avait une sorte de robot sur le sol.

Il était à peu près de la taille d'une brique et possédait huit pattes, réparties par quatre de chaque côté de son corps. Les deux antennes de métal qu'il pointait vers le plafond oscillaient lentement, comme agitées par la brise venue de l'entrée de la caverne. Comme s'il tâtait l'atmosphère autour de lui.

Les trois jeunes gens se figèrent en le voyant approcher à une vitesse étonnante, en trottinant comme un insecte.

Yoshi rengaina son katana. Le métal ne ferait qu'abîmer le fil de sa lame, et puis ce robot était assez petit pour qu'on puisse le projeter contre la paroi d'un coup de pied, s'il le fallait. En outre, il n'avait pas l'air dangereux.

– Qu'est-ce que c'est ? demanda-t-il.

– Comment veux-tu que je le sache ? riposta Anna.

– C'est toi, l'experte en robots.

– En robots qui jouent au *football*. Je n'ai pas la moindre idée de ce que fait ce truc. En revanche, ça signifie qu'il y a des gens quelque part, pas loin, et qu'on va peut-être pouvoir trouver de l'aide.

Sa voix habituellement calme était altérée par l'émotion.

La machine se rapprocha, clairement attirée par Kira. Cette dernière recula contre la paroi, mais sans cesser d'éclairer le robot. Qui étendit ses antennes vers elle... pour les enrouler sans crier gare autour de la lampe et la lui arracher des mains !

Kira poussa un cri de surprise et battit précipitamment en retraite. Elle ramassa une pierre grosse comme son poing et la brandit, prête à écraser le robot. Anna l'arrêta d'un geste.

– Non, murmura-t-elle. Il faut qu'on le suive jusqu'à ceux qui l'ont fabriqué.

Yoshi voulut traduire, mais Kira lui fit signe de se taire, sans lâcher sa pierre.

Le robot leva la lampe en orientant la lumière dans toutes les directions, comme s'il observait son environnement. Plusieurs autres antennes émergèrent de son corps en ondulant comme des tiges d'herbe.

À petits pas, la machine se rapprocha d'Anna, qui la regarda faire sans bouger.

Elle ne s'intéressait apparemment qu'à son sac à dos. Elle allongea une antenne, la glissa dedans et en retira l'antigraviton. Puis elle en enroula plusieurs autres autour de l'appareil et se mit à palper les symboles.

Ensuite, elle fit demi-tour et commença à s'en aller en traînant l'anneau derrière elle.

Kira jeta un regard à Yoshi.

– Heu, qu'est-ce qu'on...

Il y eut un craquement retentissant. D'un coup de pied, Anna avait écrasé le robot, dont les pièces se répandirent sur le sol de la caverne.

La machine bougeait encore, mais à peine. Des quelques pattes encore rattachées à son corps, elle grattait faiblement la pierre et rampait en petits cercles.

– Ce n'est pas toi qui voulais le suivre ? demanda Yoshi.

– Il était en train de nous voler l'antigraviton. On ne peut pas redescendre d'ici sans lui.

Anna dégagea la lampe de poche des antennes immobiles et l'orienta sur les fragments de la machine qu'elle avait fait exploser.

– Il y a des tas de trucs intéressants là-dedans.

Elle ramassa un objet rectangulaire noir, à peu près de la taille d'un paquet de cartes.

– Ce bidule est vraiment chaud. C'est peut-être la batterie.

– Passionnant, soupira Yoshi, mais j'aurais mieux aimé que tu ne...

– Chut ! souffla Kira en pointant le faisceau de sa lampe vers le fond de la galerie.

Deux robots identiques venaient de surgir de l'ombre et trottinaient dans leur direction en agitant furieusement leurs antennes.

– Tu crois qu'ils sont en colère ? interrogea Yoshi.

– Pas du tout. D'après moi, ils sont programmés pour ne pas s'occuper de nous, rétorqua Anna en glissant la batterie dans son sac à dos. Réfléchis. Cet endroit est une expérience de biologie géante. Ces robots doivent être conçus pour ne pas déranger les animaux.

Yoshi n'était pas très sûr d'apprécier d'être considéré comme un animal, mais la théorie d'Anna semblait tenir debout. Sans se préoccuper de leur présence, les deux robots se précipitèrent vers la machine endommagée, l'enveloppèrent de leurs antennes et se mirent à la traîner laborieusement vers les ténèbres.

Anna prit l'un des élastiques qui leur avaient servi à s'encorder, s'approcha prudemment et fixa le mousqueton au robot cassé.

– Parfait, dit-elle. Maintenant, il n'y a plus qu'à les suivre.

Yoshi passa son fourreau en bandoulière et sortit sa lampe. Qui pouvait savoir ce qu'ils allaient trouver au fond de cette galerie ?

Une bouffée d'air froid leur parvint de l'embouchure de la caverne et le fit frissonner. Elle était chargée d'une senteur âcre et huileuse.

Il se retourna en direction de l'ouverture. Le vent avait dû rabattre un peu de fumée dans leur direction, avec l'odeur de l'incendie. Il reconnut la puanteur du kérosène mêlée à celle du plastique brûlé.

Se pouvait-il que les autres soient déjà morts ?

30

Anna

Anna éprouvait une certaine jalousie à l'égard de ces robots.

Leurs huit pattes articulées indépendamment étaient parfaitement conçues pour se déplacer sur ce sol rocheux et inégal. En plus, ils étaient assez petits pour circuler sans difficulté par les boyaux oppressants où elle et ses camarades ne pouvaient se glisser qu'en rampant et en traînant leurs sacs à dos derrière eux.

Les machines les auraient perdus en deux minutes sans l'élastique. Elle s'en servait comme d'une laisse et retenait le robot cassé dès qu'il s'éloignait un peu trop. Chaque fois qu'elle tirait dessus, il échappait aux deux autres, qui revenaient sur leurs pas pour découvrir ce qui l'empêchait d'avancer. De temps à autre, ils détachaient l'élastique, mais Anna n'avait qu'à le raccrocher.

Ces robots n'étaient pas terriblement intelligents, mais leur comportement était parfaitement logique si cette jungle était réellement artificielle. Ils étaient programmés pour ignorer la présence des êtres vivants et interagir uniquement avec des machines. En d'autres termes, c'étaient des robots de maintenance. C'était pour cette raison qu'ils avaient tenté de s'emparer de la lampe de Kira et de l'antigraviton.

Mais quelle que soit leur fonction, ils finiraient bien par les conduire à la personne qui avait créé cet endroit. Et si celle-ci était capable de concevoir ce genre de technologie, elle pourrait forcément aider Molly.

– Ça va bien, derrière ? lança Anna.

Yoshi répondit par un grognement exténué.

On ne pouvait guère le lui reprocher. Ramper dans ces tunnels était épuisant, singulièrement après avoir passé une journée à sauter par-dessus la jungle et cette interminable escalade. Anna avait l'impression d'avoir de la gélatine à la place des muscles, et son blouson était trempé de sueur. À mesure qu'ils s'enfonçaient dans les profondeurs de la montagne, les roches semblaient de plus en plus chaudes.

Mais aucun inconfort ne pouvait chasser le vide silencieux qui s'était installé dans le cœur d'Anna.

L'avion avait dû s'enflammer si brusquement, comme une bombe incendiaire géante. Si rapidement que ceux qui dormaient à l'intérieur n'auraient eu aucune chance de s'échapper.

La température de combustion du kérosène approchait mille degrés. Assez chaud pour réduire un corps humain à un petit tas de cendres et d'esquilles d'os.

Anna se força à évacuer ces pensées et continua à progresser à quatre pattes. Le seul moyen d'aider ses amis était de trouver les personnes qui avaient fabriqué ces robots.

Quelque chose commençait à apparaître un peu plus loin, une variation dans la couleur de la roche.

– Éteignez vos lampes, chuchota-t-elle.

Yoshi répéta la consigne en japonais et l'obscurité les enveloppa. Au bout d'un moment, le temps que ses yeux s'adaptent, Anna aperçut un reflet orangé.

Peut-être s'agissait-il simplement de bioluminescence. Juste une colonie de vers luisants. Sauf que les vers luisants de cet endroit n'auraient probablement rien d'ordinaire.

Kira murmura quelque chose, que Yoshi traduisit.

– Tu as entendu?

Anna tendit l'oreille. Il y avait un son léger, clairement audible à présent, comme le battement d'ailes d'un vol de pigeons ou le froissement de cartes distribuées, qui se répercuterait dans un vaste espace rempli d'échos.

L'élastique se détendit.

Elle continua prudemment à avancer et se retrouva dans un couloir plus large, où le reflet orange était plus vif. Plusieurs robots entouraient celui qu'elle avait écrasé. Ils étaient en train de le démanteler pour emporter ses morceaux.

C'était bien ça. Ils récupéraient ses pièces.

Elle ramena l'élastique à elle, l'enroula et le fourra dans sa poche.

– Je pense que nous sommes arrivés, murmura-t-elle. Je ne sais pas où, mais nous sommes arrivés.

Le tunnel débouchait sur une caverne immense, au moins aussi vaste que le gymnase de l'Académie de sciences et de technologies de Brooklyn. D'innombrables lumières orangées, incrustées dans les parois, s'allumaient et s'éteignaient en séquence. Il faisait une chaleur épouvantable, aussi lourde que celle qui régnerait dans une laverie automatique en plein été, mais des courants d'air frais provenaient d'une douzaine d'autres galeries creusées dans la roche.

Des myriades de robots à huit pattes circulaient en tous sens sur le sol de la grotte. Ils transportaient des pièces de métal ou des pelotes cotonneuses et contournaient les pieds d'Anna sans la moindre hésitation ni signe d'intérêt.

– Ohé ? appela-t-elle.

Les échos de sa voix résonnèrent dans la caverne, mais personne ne lui répondit. Le seul son audible était celui du clignotement des lumières.

– *Omoshiroi ne*, dit Kira en s'avançant.

Une sorte de grande maquette était exposée au centre, suspendue au-dessus du sol. À l'une de ses extrémités se situait clairement la jungle d'où ils venaient, très reconnaissable après la vision qu'ils en avaient eue du haut de l'embouchure de la grotte.

En approchant, Anna vit que le reste représentait une longue vallée aux murailles escarpées et déchiquetées, profondément creusée dans la terre. Cette immense crevasse était bordée de hautes falaises du haut desquelles se déversaient de minuscules cascades. Mais le plus étonnant, c'était que cette maquette bougeait !

À peu près au centre de la jungle, il y avait un objet en flammes : une représentation de l'épave de l'avion, d'à peine trois centimètres de long, mais parfaitement définie. Les deux lunes artificielles flottaient à une trentaine de centimètres au-dessus de la cime des arbres.

– Waouh, souffla Anna.

Debout à l'autre extrémité de la maquette, Kira crayonnait déjà dans son carnet.

– C'est une machine, dit Yoshi.

– On dirait une sorte d'hologramme, acquiesça Anna.

– Non, je voulais dire que tout ceci est une gigantesque machine, expliqua-t-il en pointant le doigt sur différents détails. Les murailles enferment la jungle, et les cascades créent de la vapeur et de l'humidité. Mais tout est artificiel.

– Tu as sûrement raison, répliqua Anna en observant attentivement l'installation, mais dans ce cas, à quoi ça sert ?

– À entretenir la jungle ?

– Mais elle s'entretient d'elle-même. Il faudrait des efforts extraordinaires pour faire disparaître une jungle.

– Tout dépend de ce qui se cache derrière le mur, rétorqua Yoshi.

Anna se pencha pour mieux voir les détails. La maquette ne montrait que l'endroit délimité par les falaises et presque rien de ce qui pouvait se trouver au-delà. Tout au bout, la couleur rouge des feuillages se fondait progressivement dans le beige et l'ocre, avec quelques bandes argentées et luisantes. À cet endroit, la résolution était beaucoup moins précise, mais chaque teinte avait l'air d'appartenir à une catégorie de terrain différente.

Anna tendit la main. Il ne s'agissait pas du tout d'un

hologramme. La maquette était bien réelle ; elle était souple et cotonneuse sous le doigt, un peu comme de la barbe à papa.

Une sorte d'aérogel ? Capable de bouger ?

Une multitude de données palpitaient également en différents points de la maquette, particulièrement au-dessus de l'avion, où des colonnes de chiffres colorées tournaient sur elles-mêmes en clignotant furieusement.

Kira dit quelque chose, que Yoshi traduisit.

– Elle dit que cet endroit a été conçu pour que des dizaines de gens puissent y travailler.

Anna hocha la tête. Le plafond lisse et rocheux se trouvait à près de quatre mètres de haut, et les petits robots n'avaient pas besoin de tant d'espace pour se déplacer. Elle imagina des chercheurs réunis autour de la maquette, occupés à lire les mystérieuses informations et à élaborer des stratégies pour développer leur jungle.

Où pouvaient bien être ces gens ?

La caverne lui parut soudain très vide, hantée. Un peu comme l'avion après le crash, avec tous ses passagers disparus. Il n'y avait rien ici, à part des machines sans âme.

Personne pour les aider à trouver un remède pour Molly.

– Il y a quelqu'un ? hurla-t-elle.

Pas de réponse.

– Tout fonctionne peut-être en automatique, suggéra Yoshi.

Il avait l'air épuisé.

– Alors à quoi sert cette maquette ? riposta Anna. Les robots n'en ont pas besoin. Je ne suis même pas sûre qu'ils aient des yeux !

L'une des petites machines était venue se fourrer contre sa cheville. Anna ressentit une soudaine bouffée d'irritation devant leur absurde agitation et ces manifestations de civilisation qui promettaient tellement mais n'avaient rien à offrir, et sûrement pas de quoi aider Molly.

Le robot étendit l'une de ses antennes en direction de son sac. D'un coup de pied, Anna l'envoya valdinguer au loin, dans un fracas métallique.

– Heu, intervint Yoshi, tu devrais peut-être éviter de faire ça.

Anna ne répondit pas. Quelque chose avait attiré son attention à l'autre bout de la maquette. Là, du côté opposé à la jungle, se dressait une sorte de structure. Elle était à peu près de la taille d'une assiette, dix fois plus grosse que la minuscule épave de l'avion. Kira était en train de la dessiner.

Anna s'en approcha pour l'observer de plus près.

Elle était hérissée de tourelles qui pointaient dans toutes les directions. Une sorte de château, version maison de fous, ou peut-être une cité futuriste. Le centre de la structure émettait une sourde lumière rouge qui palpitait au même rythme qu'un cœur.

Quelle que soit la nature de cette construction, il y aurait forcément des gens à l'intérieur.

Des gens qui pourraient leur fournir des réponses. Et du secours pour Molly.

Anna désigna l'édifice.

– Ce doit être le quartier général des bâtisseurs de cet endroit. Il faut y aller !

Yoshi compara du regard les dimensions de la structure à celles de la jungle.

– Ça m'a l'air vraiment loin.

– Il faut au moins essayer ! protesta Anna.

Il avait raison, cependant. L'hologramme s'étirait sur toute la longueur de la caverne. La panique commençait à s'emparer d'Anna. Elle avait le sentiment que, quoi qu'ils fassent, ils arriveraient trop tard.

– On devrait peut-être déjà chercher ici. Voir si on peut trouver de quoi soigner Molly.

– Si tu veux, dit Yoshi. Mais qu'est-ce qu'il faut chercher, à ton avis ?

– Je ne sais pas ! Quelque chose ! s'écria Anna.

Elle observa d'un œil vindicatif les petits robots qui passaient entre leurs jambes. La plupart transportaient des pièces détachées, des bouts de métal, de plastique ou de câbles. Il y avait forcément quelque chose d'intéressant à récupérer. Elle en écrabouilla un sous sa semelle.

– Anna. Fais attention, implora Yoshi.

– Ce sont juste des bots mécaniciens. Ils ne nous voient même pas.

Il ouvrait la bouche pour répliquer, quand son expression changea soudainement. Il se figea, le regard braqué sur quelque chose, derrière elle.

Anna se retourna. À l'entrée d'une galerie, une machine d'un nouveau genre venait d'apparaître. Elle était beaucoup plus imposante que les petits robots et avait l'air très menaçante, campée sur ses quatre pattes, avec ses deux bras repliés, terminés par d'énormes pinces acérées.

– Ho ho... balbutia Kira.

La machine se souleva et agita ses pinces en faisant claquer leurs mâchoires de métal. Anna sentit un frisson de peur glacée descendre le long de son échine, et Yoshi recula.

– Qu'est-ce que c'est que ce truc?

Anna avala péniblement sa salive.

– Je pense que c'est le gardien chargé du contrôle des animaux, souffla-t-elle. Et les animaux, c'est nous.

31

Yoshi

Anna fit volte-face et détala en direction de la galerie la plus proche.

Yoshi empoigna Kira par le bras et en fit autant, tout en allumant la lampe qu'il tenait dans sa main libre.

Le plafond était si bas qu'il fut forcé de se baisser et de courber les épaules pour pouvoir passer. Le tintamarre des pattes de métal de la machine résonnait derrière eux.

– Tu vois ? cria-t-il. Ce n'était vraiment pas malin de piétiner ces robots !

– Ils essayaient de me voler mes affaires ! répliqua Anna en jetant un regard par-dessus son épaule.

Ce n'était pas le moment de discuter. Grâce à sa petite taille, Kira avait filé devant et avait déjà une bonne avance.

La machine gardienne – quelle que soit sa fonction – n'était qu'à quelques mètres derrière eux. Yoshi se demanda si elle était équipée de filets, de fléchettes tranquillisantes ou même d'armes mortelles. Il ne pensait pas que son sabre serait capable d'endommager ses membres de métal.

Pour le moment, le robot semblait se contenter de les faire

fuir. Peut-être les prenait-il vraiment pour des animaux, se dit Yoshi.

Et s'il s'arrêtait pour l'affronter, cette machine saurait-elle comment réagir ? Elle abandonnerait peut-être tout bonnement la poursuite.

D'un autre côté, ses pinces de métal semblaient capables de lui arracher la tête.

Yoshi continua à courir.

– Trouvez une galerie étroite ! cria Kira. Où elle ne pourra pas entrer !

– Kira pense qu'on pourrait se cacher. Dans un couloir trop petit pour elle ! traduisit-il pour Anna

– Elle est trop près ! haleta cette dernière.

Ils prirent un virage en dérapage et Yoshi se retrouva soudainement au beau milieu d'un océan de robots à huit pattes, tous chargés de pièces mécaniques diverses.

Il essaya de sauter pour les éviter, mais trébucha sur un coin de métal et s'étala de tout son long. La lampe lui échappa, rebondit avec un craquement sonore et s'immobilisa un peu plus loin. Il se cogna violemment le genou droit sur la roche. Le souffle coupé par la douleur, il roula au sol et se recroquevilla sur lui-même.

Le gros robot lui fonça dessus. Yoshi vit le reflet de ses pinces luisantes dans l'obscurité et se couvrit la tête des deux mains...

Mais la machine l'évita en sautant par-dessus son corps et se précipita sur la lampe de poche.

– Aïe, gémit-il en se relevant.

La bonne nouvelle, c'était que ce robot ne s'intéressait qu'à sa lampe. La mauvaise, c'était qu'il allait certainement chercher à s'emparer également de l'antigraviton.

Et donc de leur seul moyen d'échapper à cette montagne.

Yoshi se remit à courir, guidé par le bruit de la machine dans le tunnel obscur. Il n'y avait pas de lumières orange clignotantes à cet endroit. Son unique point de repère était la lueur tremblotante de la torche de Kira, plus loin devant. Il continua en suivant la paroi de la main pour ne pas se perdre. À chaque pas, une pointe de douleur lui transperçait le genou.

Dans l'obscurité, il ne cessait de trébucher sur les petits robots qui arpentaient le couloir. Subitement, Yoshi sentit une brise fraîche, venue de l'extérieur, lui caresser le visage.

Il prit un virage et se retrouva en face d'une ouverture baignée de clarté stellaire.

Les silhouettes d'Anna, de Kira et de la machine se dessinaient contre le ciel étoilé. Kira faisait osciller sa lampe devant le robot et un claquement métallique résonnait en rythme dans le tunnel. Yoshi vit ses pinces s'agiter dans la lumière.

Empli d'une soudaine colère, il chargea. Il ne pouvait utiliser son sabre mais, dans certaines circonstances, la force brute pouvait être une meilleure arme. Il se rua contre la machine en y mettant tout son poids, épaule en avant.

La collision lui donna l'impression d'avoir percuté une grosse moto. Ce robot était beaucoup plus lourd et dur que lui. Une onde douloureuse le secoua de la tête aux pieds.

Cependant, le choc avait été suffisant et les pieds de métal de la machine se mirent à déraper. Ils glissèrent tous les deux en direction du rebord de la falaise.

– Yoshi ! hurla Kira en se précipitant en avant.

Le robot pédala frénétiquement et tenta de se retenir des deux pinces à la roche. Yoshi lui donna une dernière poussée.

Il bascula en battant des pattes, et Yoshi le suivit, emporté par son élan. L'abysse brumeux s'ouvrit, prêt à l'avaler.

À la dernière seconde, la main de Kira trouva la sienne. Durant un bref instant, Yoshi se vit en équilibre au-dessus du vide. Ses muscles étaient encore endoloris par l'escalade, mais la peur de la chute le tétanisa et il ne lâcha pas prise.

Anna se précipita, les rattrapa tous les deux et les ramena en sécurité sur la corniche. Ils s'effondrèrent sur le sol.

Yoshi regarda les deux jeunes filles et voulut les remercier.

– Elle est toujours là ! hurla soudainement Kira.

Cramponnée au rebord de la falaise, une unique pince luisait à la lumière des étoiles.

Yoshi tenta de la déloger d'un coup de pied, mais le bout de sa chaussure de sport rebondit sur le métal, sans la faire bouger d'un millimètre.

Une deuxième pince apparut et se planta dans la roche.

– Préparez-vous à l'hypergravitation ! cria Anna.

Yoshi s'arc-bouta pour résister à la pesanteur écrasante de la double G. Son genou blessé lui arracha un grognement de souffrance.

Il lutta pour tourner la tête et regarda les pinces, qui se déformaient et commençaient à plier sous le poids du robot.

Un son étrange se fit entendre, venu de partout et nulle part à la fois. La pierre se fissurait et bougeait autour de l'embouchure du tunnel. Yoshi se demanda combien de tonnes venaient soudainement de s'ajouter au poids déjà titanesque de la roche qui surmontait les tunnels et les grottes qui sillonnaient cette montagne. Un nuage de poussière leur tomba dessus et un long gémissement caverneux résonna autour d'eux.

Tout à coup, les deux pinces lâchèrent en même temps et disparurent dans un éclair métallique. Ils entendirent le robot gratter frénétiquement la roche pour essayer d'échapper à son sort, puis le son s'amenuisa et le silence revint.

Anna coupa l'antigraviton et la pesanteur cessa de les écraser. Yoshi prit une profonde inspiration tremblotante. Les papillons rouges qui voletaient devant ses yeux s'évanouirent.

– Ça va ? interrogea Kira.

Il baissa la tête. Son pantalon était déchiré et son genou suintait le sang. Il plia et déplia la jambe, et grimaça de douleur, mais ses muscles semblaient fonctionner normalement.

– Je survivrai, répondit-il.

Il y eut un nouveau grincement lugubre et ils entendirent la roche bouger au-dessus d'eux. Kira leva un regard inquiet.

– Ne parle pas trop vite.

Anna s'était relevée et tâtait la paroi du couloir.

– L'hypergravitation a déstabilisé la montagne, dit-elle. Vous croyez que je devrais nous mettre en apesanteur ?

– C'est toi l'ingénieur, pas moi ! répondit Yoshi.

Elle s'apprêtait à répondre quand le grincement de la roche se changea en grondement. L'obscurité envahit soudainement le tunnel et le ciel étoilé disparut comme si une draperie était tombée devant l'ouverture.

Kira pointa le faisceau de sa lampe. Un torrent blanc cascadait à l'extérieur.

– C'est de la neige ! s'exclama-t-elle. Nous avons déclenché une avalanche !

La cataracte de givre semblait ne pas vouloir s'interrompre. Un nuage de poudreuse envahit le tunnel et les recouvrit d'un voile glacé.

Puis, peu à peu, la pierre parut s'apaiser sous l'influence du froid. Le gémissement de la montagne diminua et bientôt ils n'entendirent plus que le son feutré de la neige qui continuait à se déverser en un rideau blanc.

Au bout d'un long moment, l'avalanche finit par se tarir et ils purent à nouveau contempler le ciel noir piqueté d'étoiles.

– Attendez ! lança Anna.

Elle souleva son sac à dos trempé de cristaux de neige fondue et en sortit la batterie qu'elle avait volée au premier robot.

– Elle est encore tiède. On peut s'en servir pour se réchauffer.

Yoshi ne l'écoutait pas. Il ramassa une poignée de neige sur le sol, la roula entre ses doigts et en fit une toute petite boule. *Parfaite pour le ski*, remarqua-t-il. Une poudre glacée, sèche, cristalline.

Bien sûr.

Il leva les yeux. Les étoiles scintillaient, clairement visibles à présent que la fumée de l'avion en flammes n'obscurcissait plus le ciel.

Et il vit ce que Caleb avait vu.

– *Ursa*, dit-il. Voilà ce qu'il essayait de dire. *Ursa Major*.

Debout à côté de lui, Anna leva les yeux vers la Grande Ourse, déployée en travers de la voûte céleste.

– Elle est exactement comme ça vue de chez moi, dit-elle. Regarde ! L'étoile du Nord est là-haut, juste au-dessus de nous.

– J'entends du bruit, intervint Kira. D'autres gros robots arrivent !

– On va devoir sauter, traduisit Yoshi pour Anna.

– D'accord.

Elle prit l'antigraviton, puis agita la batterie, qu'elle n'avait pas lâchée.

– On va avoir bien besoin de ce truc pour se réchauffer, hein ?

Yoshi fit oui de la tête. Tout paraissait évident, à présent.

Il savait exactement où ils se trouvaient.

32

Javi

– Comment elle va ? répéta Oliver pour la dixième fois.

Javi leva un visage épuisé et fit de son mieux pour paraître plus sûr de lui qu'il ne l'était réellement.

– Ça va aller.

Oliver détourna le regard, la mâchoire crispée. Il n'en croyait pas un mot.

Molly n'avait pas rouvert les yeux depuis qu'elle s'était évanouie après l'incendie. Elle était trempée de sueur, et sa respiration était rapide et irrégulière. Lorsque Javi faisait couler un peu d'eau entre ses lèvres, elle en avalait quelques gouttes et bredouillait des mots incompréhensibles ; c'était le seul signe qu'elle était encore consciente.

Elle semblait consumée par la fièvre. Son visage était émacié, et ses muscles comme ses veines saillaient sur ses membres amaigris.

Mais le pire, c'était la phosphorescence verdâtre qui émanait de sa blessure à l'épaule.

À l'aube, Akiko avait attiré deux gros oiseaux siffleurs dans les filets de Javi, et ils avaient collecté un tas de baies rouges, mais ils ne savaient pas comment faire manger Molly.

Oliver ne bougeait pas. Il attendait, et Javi se demanda s'il voulait vraiment qu'on lui dise la vérité. Il s'était battu pour qu'ils cessent tous d'essayer de le rassurer en déguisant la réalité. Le moment était peut-être venu de lui parler franchement.

– En vrai, je ne sais pas comment elle va. Je suis inquiet, admit Javi.

– Qu'est-ce qu'on va faire si les autres ne reviennent pas ? interrogea Oliver.

Javi le regarda en silence.

– On a dit qu'on partirait à leur recherche au bout de trois jours.

– Oh. C'est vrai, répondit Javi.

Il se tourna vers Molly, étendue sur la seule couverture qu'ils avaient pu sauver de l'incendie. L'idée qu'elle puisse être en état de voyager dans deux jours lui paraissait absurde.

– On ne peut pas la laisser comme ça.

– Mais s'ils n'ont plus rien à manger ? insista Oliver.

– Ils savent quelles baies cueillir.

Oliver n'eut pas l'air satisfait de sa réponse.

Akiko apparut entre les arbres. Elle était allée chercher de l'eau. La veille au soir, alors que l'incendie faisait rage, ils avaient transporté Molly loin de l'avion et s'étaient rapprochés du ruisseau. Au moins une bonne idée parmi toutes les décisions catastrophiques de la nuit.

Javi ne cessait de repenser aux erreurs qu'ils avaient commises. Qu'est-ce qui leur avait pris d'essayer des réglages sans comprendre à quoi ils servaient ? Et pourquoi tenter leurs expériences sur l'avion ? Depuis quand intervenir sur les lois de la nature était-il une bonne idée ?

Javi se tourna vers les vestiges de l'épave. Leur seul abri, le seul lien qui les reliait encore à la Terre, avait été dévoré par le feu. La quasi-totalité du matériel de survie qu'ils avaient collecté au prix de tant d'efforts avait été incinérée, avec tout ce qu'ils auraient pu récupérer dans les centaines de bagages qu'ils n'avaient pas encore ouverts.

Une affreuse odeur planait sur leur campement sinistré. Javi avait les poumons irrités par les fumées et la chaleur, et la peau grasse de suie. Autour de la clairière, les feuillages des arbres étaient poudrés de cendres grises. Et si le terrible canard de l'Apocalypse revenait, ils n'auraient nulle part où se cacher.

Akiko s'agenouilla auprès de Molly et fit couler un peu d'eau dans sa bouche, goutte à goutte. Javi se leva et s'étira, en s'efforçant de prendre plusieurs profondes inspirations et de souffler lentement, pour se clarifier l'esprit et chasser ses idées noires.

– Elle ne va pas mourir, hein ? demanda Oliver à voix basse.

Il n'avait peut-être pas envie d'entendre la vérité, après tout.

Javi secoua la tête, et pas seulement pour Oliver.

Molly ne *pouvait pas* mourir !

Sans elle, leur équipe n'existait plus. Ils n'avaient plus de chef, plus personne pour les pousser à donner le meilleur d'eux-mêmes et à trouver des solutions dans cet endroit étrange. L'idée qu'ils pourraient ne jamais revoir leurs foyers lui paraissait déjà suffisamment affreuse comme ça.

Perdre Molly en plus de tout le reste...

Les explorateurs revinrent en début de soirée, un jour plus tôt que prévu.

Ils avaient sans doute vu le feu qu'Akiko et Oliver avaient allumé pour les guider. Ils arrivèrent au coucher du soleil, en bondissant légèrement par-dessus les arbres décapités dans le sillage de l'avion.

Quand ils descendirent vers lui, Javi sentit le champ de micropesanteur le soulever et soulager la tension de ses muscles fatigués. Le feu crépita dans une gerbe d'étincelles, puis se remit à brûler normalement lorsque la pesanteur se rétablit. Akiko et Kira se jetèrent dans les bras l'une de l'autre et se lancèrent dans de grands récits, en parlant très vite dans leur mélange personnel de japonais et de français.

– Est-ce que ça va ? demanda Oliver à Yoshi.

Il regardait son genou tout taché de sang, emmailloté dans l'un des élastiques qui leur servaient à s'encorder.

– Ça va, répondit Yoshi.

Il était quand même très pâle et il se dirigea vers le feu en boitant.

– Il a eu une petite dispute avec un robot, expliqua Anna.

– Que j'ai gagnée ! riposta Yoshi.

Ils avaient l'air exténués. Anna ouvrit des yeux ravis en découvrant l'oiseau siffleur plumé et prêt à rôtir, posé sur le sol.

– Attends, coupa Javi. Tu as bien dit un robot ? Ça veut dire que vous avez trouvé des gens ?

Yoshi s'apprêtait à répondre, mais son regard tomba sur la forme étendue dans l'ombre, de l'autre côté du feu.

– C'est Molly ?

Javi acquiesça.

– Elle ne va pas bien, et... heu... On a *un peu* fait exploser l'avion.

– On a vu, répliqua Anna d'un air absent.

Ils se rassemblèrent autour de Molly, toujours inconsciente, et Javi leur raconta tout. Comment après avoir découvert deux nouvelles fonctions de l'antigraviton, ils avaient mis le feu à l'avion et avaient failli mourir brûlés. Et comment Molly avait perdu connaissance après ces terribles événements.

– Elle n'a pas bougé depuis, termina-t-il. Je ne sais plus quoi faire.

– Nous allons pouvoir trouver de l'aide, dit Anna.

– Donc, vous avez découvert du monde ? demanda Oliver.

– Non, mais cette jungle a été fabriquée par des gens et on pense savoir où ils sont.

Javi la regarda d'un œil égaré. Son cerveau épuisé ne parvenait pas à comprendre.

– Attendez... On est sur Terre ? réussit-il enfin à articuler.

– On est exactement là où on est censés être, répliqua Yoshi. Derrière la cascade, il y a une immense falaise de pierre, haute de plusieurs kilomètres. Et elle a été construite par quelqu'un. Comme tout ce qui nous entoure.

– Il y a des milliers de machines à l'intérieur de cette muraille, ajouta Anna. Des tonnes et des tonnes de technologie ultra bizarre, avec des quantités de robots pour s'en occuper. Et tout ça est installé autour de cette vallée, pour la protéger.

Javi les dévisagea l'un après l'autre. Ils avaient l'air éreintés, mais pas au point d'être devenus fous. Sans compter qu'il avait eu l'occasion de voir beaucoup de choses plus étranges que des robots et des murailles géantes depuis le crash.

– La protéger de quoi ?

– Du climat de l'Arctique, répliqua Yoshi simplement.

– On est presque arrivés au sommet, expliqua Anna, et puis on a dû passer en hypergravitation, et ça a déclenché une avalanche de neige. Parce que l'avion s'est écrasé exactement où il devait s'écraser. Quelque part aux environs du pôle Nord.

– On a même vu la Grande Ourse, dit Yoshi. Aussi connue sous le nom d'*Ursa Major*. C'était ce que Caleb essayait de nous dire.

– Les murailles sont chauffées pour maintenir la température de la jungle, continua Anna. L'eau des cascades vient de la neige fondue, et la brume recouvre tout parce qu'il fait bien plus chaud ici, tout en bas, que dans la toundra qui nous entoure.

– En bas ? répéta Javi.

– Nous sommes au fond d'une vallée. Une immense crevasse dans la croûte terrestre.

Yoshi appela Kira, qui s'approcha avec son carnet de croquis.

– On a vu une grande maquette de toute l'installation. La jungle était à un bout et il y avait une sorte d'énorme bâtiment à l'autre bout, et plein d'autres trucs entre les deux.

Javi examina le dessin avec étonnement. Ça ressemblait à un château futuriste biscornu.

– Mais pourquoi vouloir construire toute une vallée en plein milieu de l'Arctique ? Et aussi bizarre que celle-là ?

– Bonne question, dit Anna, mais peu importe qui ils sont, les bâtisseurs sauront sûrement comment aider Molly. S'ils ont conçu cet endroit, ils savent comment se débarrasser du poison que cet oiseau lui a injecté.

Javi ne put qu'acquiescer. S'il y avait une possibilité de sauver Molly, il était prêt à croire tout ce qu'on voulait.

– Alors, comment on les contacte ?

– Ils ne répondent pas à la radio, et on n'a pas trouvé d'êtres vivants à l'intérieur de la muraille, dit Anna. Il faut aller à l'autre bout de la vallée.

– C'est par là, ajouta Yoshi en pointant le doigt vers l'avant de l'avion.

Javi se laissa lourdement tomber, assis sur le sol, et examina le visage immobile de Molly. Durant un bref instant, il avait vraiment cru qu'ils étaient tous sauvés. Qu'il leur suffirait d'envoyer un message de détresse et d'attendre les secours.

– Et comment on va arriver jusque-là ? soupira-t-il. Molly ne peut pas marcher.

Les paupières de la jeune fille palpitèrent et s'ouvrirent brusquement.

– Facile, répondit-elle. En volant.

33

Molly

Elle reconnaissait ces voix au-dessus d'elle, mais elle mit un long moment à décoder les paroles qu'elles prononçaient. Au début, elle avait eu l'impression d'entendre un langage étranger ou un pépiement d'oiseaux, et puis leur signification avait fini par pénétrer son cerveau.

En les écoutant, elle avait compris qu'Anna et Yoshi ne détenaient qu'une partie de la vérité. Il s'agissait bien d'une vallée, une immense crevasse dans les neiges de l'Arctique. Mais c'était également une déchirure dans la substance du monde lui-même et, sans savoir comment, elle, Molly, y était tombée beaucoup plus profondément que ses camarades.

Elle devait se réveiller maintenant, ou elle n'en reviendrait jamais.

Elle se redressa lentement et regarda chacun des visages étonnés qui l'entouraient.

Elle les voyait tous clairement. Yoshi était épuisé, couvert de plaies et de bosses, mais empli d'une nouvelle détermination à présent qu'il avait un objectif. Javi était soulagé, prêt à faire tout ce qu'elle lui demanderait. Anna se repliait sur elle-même, murée dans une impassibilité qui menaçait de l'engloutir. Elle n'avait toujours pas accepté l'accident dont ils avaient été victimes. Oliver et Akiko paraissaient au bord des larmes. En dépit de tout ce qu'ils avaient traversé, ils n'avaient pas changé.

Kira la dévisageait de son regard calme. Elle l'étudiait, crayon dans la main. Elle était sans doute la seule à avoir perçu le changement qui s'était produit en Molly.

L'atmosphère était différente, chargée d'un million d'odeurs étranges que Molly n'avait jamais remarquées auparavant. C'était presque trop, comme si quelqu'un essayait de forcer son esprit à accepter une myriade de sensations nouvelles.

Son épaule la brûlait et elle se sentait toujours faible. Elle déglutit pour chasser l'acidité qui lui emplissait la bouche.

Javi lui tendit une poignée de baies bleues, mais elle leur trouva un goût savonneux et écœurant. Elle les laissa tomber sur le sol et choisit les *omoshiroi* rouges à la place. Elles étaient délicieuses, suaves et pleines de tout ce dont son corps avait besoin.

Le rouge était bénéfique.

C'était du vert qu'il fallait se méfier.

Molly le comprenait, à présent. Les dégobillettes, les oiseaux déchiqueteurs, la plus petite des deux lunes, pareille à un œil malveillant. Et, évidemment, le terrible canard de l'Apocalypse. Tout ce vert voulait dire « danger ».

Le vert était la couleur à éviter.

– Tu vas bien ? demanda Javi d'une voix douce.

Molly fit oui de la tête. *Bien* n'était peut-être pas le mot exact, mais elle se sentait... quelque chose.

– Je serai bientôt en état de partir, annonça-t-elle. Il faut commencer tout de suite.

– Commencer quoi ? interrogea Yoshi, un peu interloqué.

– À chercher des réponses.

Ils la regardèrent tous sans comprendre.

– Il faut qu'on trouve ce qui a fait se crasher notre avion, déclara-t-elle. Et pourquoi nous sommes les seuls survivants.

– OK, dit Javi. Comment ?

– Comme toujours, répliqua-t-elle. En récoltant des données pour établir des conclusions. Et on découvrira la solution.

Elle avala une gorgée d'eau. Au moins, l'eau n'avait pas changé de goût.

– Je pense que nous sommes ici pour une bonne raison, et je pense que les réponses se trouvent à l'autre bout de cette vallée.

Elle l'avait vue en rêve dans l'avion, juste avant l'accident. Cette chose lointaine, puissante et dangereuse, qui avait agi dans une intention précise.

Ils avaient été choisis, elle en était certaine. La tempête électrique qui avait balayé la cabine les avait sélectionnés avec une mortelle détermination.

– Molly a raison, approuva Yoshi. La seule issue se trouve de l'autre côté de la vallée. On pourrait arriver au sommet des falaises grâce aux antigravitons, mais on ne pourra jamais traverser l'Arctique.

– Et on n'a plus aucune raison de rester ici, ajouta Anna en désignant d'un geste les vestiges calcinés de l'avion. Sans compter qu'on a dérangé les robots dans la muraille et qu'ils nous ont peut-être suivis.

Javi poussa un soupir de lassitude.

– J'aurais bien aimé vous montrer la cabine de première classe, les amis. Ça valait le coup.

Yoshi avait commencé à traduire pour Akiko et Kira, mais elles semblaient avoir déjà compris. Ils rassemblèrent tous leurs affaires pour partir vers ce lieu, quel qu'il soit, où les attendait une promesse de réponses.

Molly aurait souhaité pouvoir s'allonger sur une pile de coussins et dormir, rêver encore. Pour se préparer. Mais de nouveaux dangers convergeaient probablement vers leur petit groupe. Le feu qui avait ravagé l'épave de l'avion était une blessure trop grave pour que la jungle puisse l'ignorer.

Le voyage serait long, bien plus long que ses compagnons ne l'imaginaient. Son rôle à elle serait de les soutenir, au moins durant une partie du trajet, quand ils auraient perdu tout espoir et que plus rien n'aurait de sens à leurs yeux.

Ce n'était pas un problème. Molly Davis était née pour diriger.

Malgré ce qui avait changé en elle, elle était toujours Molly.

Et c'était elle qui les ramènerait à la maison.

« Pour l'éditeur, le principe est d'utiliser des papiers composés de fibres naturelles, renouvelables, recyclables et fabriquées à partir de bois issus de forêts qui adoptent un système d'aménagement durable. En outre, l'éditeur attend de ses fournisseurs de papier qu'ils s'inscrivent dans une démarche de certification environnementale reconnue. »

Édité par la Librairie Générale Française - LPJ
(58 rue Jean Bleuzen, 92170 Vanves)

Composition Nord Compo
Achevé d'imprimer en Espagne par Liberdúplex
Dépôt légal 1re publication septembre 2018
27.4981.7 / 01 - ISBN : 978-2-01-705201-2
Loi n° 49-956 du 16 juillet 1949 sur les publications destinées à la jeunesse
Dépôt légal : septembre 2018